Un jefe engañado

Lee Wilkinson

Bianca™

HARLEQUIN™

Editado por HARLEQUIN IBÉRICA, S.A.
Núñez de Balboa, 56
28001 Madrid

I.S.B.N.: 978-84-671-7339-0
Depósito legal: B-28679-2009
Editor responsable: Luis Pugni
Preimpresión y fotomecánica: M.T. Color & Diseño, S.L.
C/. Colquide, 6 portal 2 - 3º H. 28230 Las Rozas (Madrid)
Impresión y encuadernación: LITOGRAFÍA ROSÉS, S.A.
C/. Energía, 11. 08850 Gavá (Barcelona)
Fecha impresion para Argentina: 1.3.10
Distribuidor exclusivo para España: LOGISTA
Distribuidor para México: CODIPLYRSA
Distribuidores para Argentina: interior, BERTRAN, S.A.C. Vélez
Sársfield, 1950. Cap. Fed./ Buenos Aires y Gran Buenos Aires,
VACCARO SÁNCHEZ y Cía, S.A.
Distribuidor para Chile: DISTRIBUIDORA ALFA, S.A.

Capítulo 1

CATHY había cargado el coche, se había despedido de los vecinos, había entregado las llaves del piso y había partido de Londres aquella mañana.

Como era un trayecto tan largo y Carl estaba preocupado por ella, había accedido a hacer el viaje en dos etapas y dormir en Ilithgow House, un pequeño hotel cómodo y barato regentado por una familia.

Carl le había dicho:

—Levántate lo antes posible, hermana. Hay un montón de kilómetros hasta Ilithgow; además, estos días antes de Navidad hay más tráfico.

A pesar de la advertencia, el viaje había sido más largo de lo que había imaginado y ya llevaba varias horas viajando de noche.

Acababa de dejar Inglaterra y había entrado en Escocia cuando empezó a nevar. Le encantaba la nieve y pensó en lo maravilloso que sería una Navidad blanca.

O lo sería de no haberse dejado convencer por Carl de vivir una mentira.

Cuando, por fin, vio un cartel en la carretera anunciando el hotel, el viento arreciaba con fuerza haciendo que la nieve golpeara contra los cristales del parabrisas y, prácticamente, estaba conduciendo a ciegas.

Al reservar habitación en Ilithgow House, se había enterado de que el hotel estaba a un kilómetro de la carretera principal. Sin embargo, para llegar había que cruzar un viejo puente de piedra que cruzaba el río Ilith.

Después de haber tomado la carretera secundaria que llevaba al hotel y de recordar el puente, Cathy detuvo el coche. En esas condiciones, podría no ver el puente y acabar en el río.

Tras reflexionar unos segundos, le pareció que lo mejor era salir del coche y echar un vistazo.

Con la mano en la manija de la puerta, vio un coche aproximándose detrás de ella. Era un coche grande, un Range Rover. El vehículo se detuvo al lado del suyo y la oscura silueta de un hombre se hizo visible en la ventanilla.

Cuando Cathy bajó la ventanilla, una agradable voz varonil le preguntó:

–¿Necesita ayuda?

Brevemente, ella explicó lo que le ocurría.

–Por suerte, conozco esta zona muy bien –dijo él–. La llevaré hasta allí, sígame.

Antes de que ella tuviera tiempo de darle las gracias, él se había puesto en marcha.

Por fin, a través de la tormenta de nieve, Cathy divisó las ventanas iluminadas del hotel.

Un momento después, el coche que la guiaba puso el intermitente de la derecha y se detuvo delante de los escalones de la entrada.

Mientras Cathy aparcaba su coche al lado del de

él, el hombre apagó los faros de su vehículo, salió de él y se subió el cuello del chaquetón.

Aunque ella no podía verle la cara, sí vio que era un hombre alto y de anchos hombros.

Entonces, él le abrió la portezuela del coche y le preguntó:

—Supongo que tiene habitación reservada, ¿no?

—Sí.

Al ver los zapatos de ante y tacón de ella, él le dijo:

—El suelo está mal. Tenga cuidado al andar.

—Sí. Debería haberme puesto algo más apropiado, pero no esperaba esta tormenta de nieve.

Él no llevaba gorro y, al darse cuenta de que los copos de nieve caían con fuerza sobre su cabeza, Cathy salió del coche con demasiada rapidez y se escurrió.

Agarrándola por el brazo, él la sujetó.

—Ahora puede decirme: «Se lo advertí».

Él se echó a reír.

—Jamás haría una cosa así. ¿Tiene equipaje?

—Sólo una bolsa con lo que necesito esta noche.

Cuando Cathy la sacó del maletero, él dijo:

—Déjeme a mí —y se la quitó de la mano.

—Gracias —murmuró ella—. Pero… ¿no tiene usted también equipaje que llevar?

—No, no llevo equipaje. No tenía intención de pasar la noche aquí. Sin embargo, una reunión que tenía por la mañana ha sido pospuesta para más tarde y, dadas las condiciones climatológicas, es preferible que pase aquí la noche si no quiero arriesgarme ha acabar en un hoyo.

Cathy no podía estar más de acuerdo y, a través de la cortina de nieve, ascendieron los escalones de la entrada.

Al ver que ella tenía problemas para seguirle el paso, él la rodeó con un brazo. El cariñoso gesto le reconfortó, en agudo contraste con la pesadumbre que llevaba sintiendo hacía mucho tiempo.

Desde la muerte de sus padres, se había visto obligada a asumir todo tipo de responsabilidades, por lo que era extraordinario sentirse protegida, que otra persona asumiera el control de una situación.

Le dio pena cuando llegaron a la puerta y él retiró el brazo.

Una vez dentro, mientras se sacudían los pies en la alfombrilla de la entrada, él se bajó el cuello del chaquetón y se pasó la mano por el cabello para quitarse la nieve.

El vestíbulo del hotel tenía una moqueta roja y era acogedor, con varios sillones, un par de sofás, decoración de Navidad y una chimenea de leña encendida.

Pero la atención de Cathy estaba centrada en ese hombre. Era la primera vez que le veía de verdad y su reacción fue profunda. Un rostro de rasgos marcados y espesas pestañas le hacían el hombre más atractivo que había visto en su vida, y deseó seguir mirándole.

Pero, rápidamente, se recordó a sí misma que no podía permitirse el lujo de sentirse atraída hacia un hombre. Debía asumir el papel de mujer casada.

Un papel que había accedido a representar con el fin de que su hermano pudiera asumir el puesto de profesor de esquí, su sueño desde pequeño. Un papel en el que tenía que aparentar ser feliz; a pesar de que su corta experiencia con el matrimonio, con Neil, había sido de todo menos feliz.

Consciente de que el desconocido la estaba observando y, a juzgar por su expresión, le agradaba lo que veía, se puso nerviosa y apartó la mirada rápidamente.

Un copo de nieve se le calló por el cuello y la hizo temblar.

—Me parece que no le vendría mal utilizar esto –aquel hombre se sacó del bolsillo un pañuelo doblado y se lo ofreció–. Me llamo Ross Dalgowan.

Sus ojos se encontraron brevemente, ella los bajó.

—Yo me llamo Cathy Richardson.

Algo tímida, pensó él, pero era la mujer más fascinante que había visto nunca y quería seguir mirándola.

A pesar de tener buena dentadura y hermosa piel, no era bonita en el sentido estricto de la palabra. Su cabello era entre castaño y rubio, los ojos eran de un color indefinible, tenía la nariz demasiado corta y la boca demasiado grande. Pero su rostro en forma de corazón poseía verdadero carácter.

Mientras se acercaban al mostrador de recepción, ella se secó el rostro con el pañuelo y se lo devolvió.

—Gracias.

—Siempre a su disposición –dijo él con una blanca sonrisa que hizo que le diera un vuelco el corazón.

Cathy aún trataba de recuperar la compostura

cuando una mujer rolliza y de cabello cano salió por una puerta al fondo del vestíbulo.

Sonriendo mientras se acercaba al mostrador, dijo animadamente:

—Buenas tardes… aunque me temo que de buenas no tienen nada —entonces, su expresión se torno de sorpresa—. Vaya, es el señor Dalgowan, ¿verdad?

—Sí, así es. Buenas tardes, señora Low.

—No le esperaba con este tiempo.

—Por el tiempo es por lo que estoy aquí —dijo él—. Iba de camino a casa cuando me ha sorprendido la tormenta de nieve y ha hecho que me decida a pasar la noche aquí.

—¡Oh, no! —exclamó la mujer—. No tenemos ninguna habitación libre. Pero sería una locura viajar en una noche así, así que lo único que puedo ofrecerle es un sofá delante de la chimenea y el uso del cuarto de baño de la familia, que está al otro lado del arco a la derecha. ¿Le parece bien?

—Sí, perfecto. Gracias.

—Le daría la habitación de Duggie, pero ha vuelto a casa a pasar la Navidad con nosotros y ha traído a su novia —la señora Low suspiró—. Los jóvenes de ahora son muy atrevidos en lo referente a las relaciones. A mí jamás se me habría ocurrido hacer eso cuando era joven, pero Duggie siempre está diciéndonos a Charlie y a mí que tenemos que modernizarnos. En fin, supongo que tiene razón. Bueno, mejor será que deje de hablar de esto o no terminaré nunca. Y… ¿la señorita?

—La señorita Richardson tiene habitación reservada —respondió Ross Dalgowan fijándose en las manos de ella, sin anillo de casada.

La señora Low abrió el libro en el que estaban las reservas.

—Richardson… Richardson… Ah, sí, aquí está…

Entonces, ruborizada, alzó el rostro y, mirando a Cathy, dijo:

—Me temo que le debo una disculpa, señorita Richardson. Esta tarde, temprano, nos dimos cuenta de que habíamos cometido un error y lo único que nos queda libre es una pequeña suite familiar en el piso bajo. Tiene dos habitaciones y un baño. Pero como la equivocación ha sido nuestra, se lo dejaremos por el precio de la habitación que había reservado. ¿Tiene equipaje?

—Sólo una bolsa.

Justo en ese momento, otro copo de nieve le cayó a Cathy por el rostro y Ross, alzando una mano, se lo secó.

Al ver el gesto íntimo, la señora Low malinterpretó la relación entre ambos y, como si hubiera resuelto un problema, sugirió:

—¿Por qué no comparten la suite?

—Si hay dos habitaciones, no veo problema… —dijeron los dos al unísono.

—Se la enseñaré. Ya verán como les resultará fácil decidirse —saliendo de detrás del mostrador, la señora Low les condujo por un pequeño pasillo y abrió una puerta a su derecha.

—Aunque hay calefacción, he encendido la chimenea de la habitación. Es muy agradable en una noche como ésta, ¿verdad?

La suite era cálida y acogedora. Había una cama doble cubierta con un edredón antiguo, un armario, un mueble de cajones y, delante de la chimenea, una mesa de centro y dos sillones.

A un lado de la chimenea había una cesta con leños y piñas para el fuego. El aroma de los pinos se mezclaba con el olor a lavanda.

Al otro lado de un arco con cortinas había un pequeño dormitorio con un mueble, literas y un armario empotrado.

Tras lanzar una rápida mirada al metro ochenta y siete de Ross, la señora Low dijo con voz llena de duda:

—Me temo que las literas son para niños; pero supongo que, aun así, más cómodas que el sofá. Y éste es el cuarto de baño…

A pesar de ser antiguo, el baño estaba impecable y, además de bañera, tenía un plato de ducha.

—Hay toallas de sobra y jabones y demás —la señora Low miró a uno y a otro—. Mientras se deciden, ¿por qué no se sientan cómodamente delante de la chimenea? Entretanto, les traeré algo para cenar.

Satisfecha de haber hecho lo que estaba en sus manos, la mujer se marchó.

Tras dejar la bolsa de Cathy encima del mueble de cajones, Ross Dalgowan arqueó una ceja.

—¿Tiene algún problema con la sugerencia de la señora Low? Porque de ser así…

—No, no, claro que no.

—En ese caso… —él la ayudó a quitarse el abrigo antes de despojarse del suyo y colgar ambos en un perchero.

Cathy vio que llevaba unos elegantes pantalones deportivos y un chaleco de cuero encima de la camisa. El reloj de pulsera parecía caro y los zapatos hechos a mano. Aunque su atuendo parecía sencillo, el aspecto de aquel hombre indicaba riqueza y poder, al tiempo que sus ademanes y presencia sugerían seguridad en sí mismo.

Sacándose un teléfono móvil del bolsillo, él dijo:

—Discúlpeme un momento, por favor. Quiero llamar a las personas que me están esperando, con el fin de que no se preocupen, para decirles que voy a pasar la noche aquí.

—Sí, por supuesto.

Mientras él hacía la llamada, Cathy se sentó delante de la chimenea.

Llamando Marley a la persona que le había contestado el teléfono, aquel hombre fue escueto y directo, y terminó:

—Entonces, hasta mañana. Adiós.

Cathy no pudo evitar preguntarse si Marley era su esposa.

Ross guardó el móvil en el bolsillo y se reunió con ella delante de la chimenea.

—Tiene los zapatos empapados. ¿Por qué no se los quita y se calienta los pies?

Cathy no necesitó que le insistieran y, rápidamente, se quitó los zapatos, los dejó al lado de la chimenea para que se secaran y colocó sus delgados pies delante de las llamas.

—¿Mejor? —le preguntó él.

—Sí, mucho mejor.

—¿Cuánto tiempo llevaba conduciendo?

—He salido de Londres a media mañana. Pero aunque sólo he parado un momento para tomar un bocadillo y un café, me ha llevado mucho más tiempo del que había imaginado.

—¿Es usted londinense?

—Sí.

—¿Adónde se dirige?

—A un pequeño pueblo que se llama Luing, en la zona de los montes Cairngorms.

—Sí, conozco muy bien esa zona. Ha hecho muy bien en no hacer el viaje de un tirón, es un trayecto muy largo. Le gusta esquiar, ¿verdad?

—Sí, pero no esquío bien. ¿Y usted?

—Yo nací en las estribaciones de los Cairngorms; así que, durante el invierno, me pasaba la vida esquiando.

—Me temo que mi experiencia con los esquís se limita a vacaciones en los Alpes cuando era pequeña.

—Divertido, ¿no?

—Sí, me gustaba mucho.

Sin pensarlo dos veces, Cathy comentó:

—Para ser escocés, no tiene casi acento.

—Mi padre y su familia eran de Escocia, pero mi madre era inglesa. Cuando yo tenía catorce años y mi hermana once, nuestros padres se divorciaron y nuestra madre se fue a vivir a Londres. Aunque mi padre y yo no nos llevábamos demasiado bien, me quedé a vivir con él y con su segunda esposa hasta que cumplí los dieciocho años; entonces, fui a estudiar a Oxford.

Ross hizo una pausa antes de continuar:

—Después de licenciarme, me instalé en Londres y monté una empresa de Información y Tecnología con un par de amigos míos. Tengo intención de trasladarme a Escocia y pronto; pero aún sigo en Londres, atando cabos como quien dice.

–¿En qué parte de Londres vive?

–En un piso en Belmont Square.

El hecho de que viviera en el elegante barrio de Mayfair confirmaba la impresión que le había dado de ser un hombre con dinero.

–¿Va mucho a Escocia?

–Cuatro o cinco veces al año.

–¿Por negocios o por placer?

–Las dos cosas.

En ese momento llamaron a la puerta y la señora Low, con un delantal atado a la cintura, entró empujando un carrito con la cena.

–Bueno, aquí está la cena –anunció la señora Low–. Hay sopa de puerros con patatas, pasteles de avena con jamón y de postre tarta de manzana con nata. Y les he traído café –mientras hablaba, la señora Low dejó el carrito al lado de ellos–. Me temo que es una cena sencilla...

–Gracias, señora Low –dijo Ross Dalgowan–. En lo que a mí concierne, es un banquete. Gracias por haberse tomado tantas molestias.

Cathy le dio las gracias también.

–No ha sido ninguna molestia –respondió la señora Low visiblemente complacida–. Ah, y cuando le he dicho a Charlie que estaban ustedes aquí, me ha dicho que les dejara esto para que se tomen una copita.

Como un mago sacándose un conejo del sombrero, la mujer se sacó del bolsillo del delantal una botella de whisky escocés y dos vasos on the rocks envueltos en una servilleta blanca.

–Por favor, dele las gracias.

–¿Se despedirá de él antes de marcharse?

–Sí, claro que lo haré.

La señora Low se agachó para echar más leños en la chimenea y continuó:

–Las literas están hechas. También he dejado una almohada y unas mantas en uno de los sofás por si decide dormir allí. Haga lo que le parezca mejor –la señora Low se enderezó–. Y ahora, si no quieren nada más, me voy a la cama. Con el hotel lleno, he tenido un día muy ajetreado. Buenas noches.

–Buenas noches –respondieron Ross y Cathy al unísono.

La señora Low se detuvo al llegar a la puerta.

–Ah, se me olvidaba decirles que el desayuno se sirve a partir de las seis de la mañana y en la sala que está al lado del comedor. Ah, y cuando acaben de cenar, simplemente dejen el carrito fuera, en el pasillo.

Cuando la puerta se cerró detrás de la mujer, Ross sirvió el café para Cathy y para él, comentando:

–Si sólo ha tomado un bocadillo en todo el día, debe de tener bastante hambre.

–Sí.

–En ese caso, empiece.

Cenaron tranquilamente sin hablar, acompañados por la música de la hoguera. Al parecer, contento consigo mismo, con ella y con el ambiente, Ross Dalgowan parecía satisfecho con el silencio, y ella se alegró.

Neil nunca había soportado el silencio, siempre había necesitado llenarlo con el sonido de su propia voz. Convencido de que lo sabía todo, siempre hablaba cuando tenía interlocutor.

Pero Ross Dalgowan era diferente. Tenía una madurez de la que Neil había carecido.

Cathy había conocido a Neil a los diecinueve años, cuando era tímida e inocente. Neil tenía veinte años entonces y también experiencia, y a ella le habían impresionado su bonito rostro y su aparente profundidad de conocimiento.

Después de hacerle la corte, se habían casado y Neil se había ido a vivir con ella. Neil estaba a punto de entrar en la universidad y, como no tenía familia ni apoyo económico, ella se había visto obligada a mantenerle al igual que a Carl. Neil no había dejado de quejarse de que Carl viviera con ellos y, al final, tuvo que aceptarlo cuando ella, con firmeza, le dijo que aquélla siempre sería también la casa de Carl.

Ella no se había dado cuenta, hasta después de casarse, de lo vacuo y superficial que Neil era, y de lo superficial de su supuesto conocimiento.

Ahora, a pesar de lo reciente de su encuentro, Cathy estaba segura de que Ross Dalgowan podía ser cualquier cosa menos superficial. Mirándole subrepticiamente, ahora que se le había secado el cabello, notó que era del color del maíz maduro, y le resultó extraño que un hombre tan viril fuera tan rubio. Por el contrario, sus cejas y pestañas eran más oscuras que su pelo y tenía la clase de piel que adquiría rápidamente un intenso bronceado.

Aunque Neil había demostrado ser avaricioso, egoísta y narcisista hasta la médula, había tenido un extraordinario éxito con las mujeres.

Cathy no dudaba que Ross Dalgowan tuviera éxito con las mujeres, pero estaba segura de que tenía amigos; en tanto que Neil, casi no había tenido amigos de su mismo sexo.

Mientras observaba a Ross, Cathy notó que comía con buen apetito, buenos modales y sin hacer ruido. Al contrario que Neil, que a pesar de su belleza casi femenina y sus modales delicados, había exhibido la tendencia a engullir la comida como un colegial que estuviera aún por aprender buenos modales y autocontrol.

Y, para su desgracia, Cathy había descubierto que lo mismo ocurría con su apetito sexual. Habían estado casados unos meses solamente y, después de excederse con el vino en una ocasión, Neil había intentado forzarla. Al no conseguirlo, le había insultado ferozmente.

Suspirando, Cathy dejó a un lado esos desagradables pensamientos y, levantando los ojos, se encontró con la gris y fascinante mirada de Ross.

El corazón le dio un vuelco y un extraño cosquilleo le recorrió el cuerpo antes de apartar los ojos de los de él.

—¿Algún problema? —le preguntó Ross con sensibilidad.

—No.

Aunque no le creyó, él no insistió y continuó comiendo.

—¿Más café? —preguntó él cuando ambos terminaron de cenar.

—No, gracias.

—En ese caso, voy a sacar el carrito de la habitación.

Ross se puso en pie y dejó el carrito en el pasillo antes de volver y sentarse otra vez. Entonces, preguntó:

—¿Qué le parece si seguimos el consejo del marido de la señora Low y nos tomamos una copita antes de acostarnos?

Aunque normalmente no bebía licores, como quería estar un rato más con ese hombre, Cathy respondió:

—Sí, ¿por qué no?

Él abrió la botella, sirvió un dedo de whisky en ambos vasos y le dio uno a ella. Después, alzó el vaso en señal de brindis.

—Por el futuro y por que nos conozcamos mejor.

Las palabras de Ross y la expresión de sus ojos le causaron calor y excitación, y deseó lo que ese hombre parecía estar ofreciéndole: algo emocionante, algo mágico, algo que podría durar toda una vida. Quizás… ¿amor verdadero?

Ordenándose a sí misma no ser tonta, apartó de nuevo los ojos de él y bebió un sorbo de whisky. El fuerte líquido la hizo toser.

Ross pareció contener una sonrisa y dijo:

—Sólo para demostrar que he vivido en Inglaterra durante mucho tiempo, me comportaré como un verdadero inglés y le preguntaré si prefiere un poco de agua en el whisky.

—Sí, gracias —respondió ella, empezando a levantarse para ir a por agua.

Pero Ross ya se había puesto en pie y, con suavidad, la empujó hasta hacerla sentarse de nuevo.

—Quédese donde está, yo iré a por el agua.

Ross fue al cuarto de baño y regresó con un vaso de agua. Después, le echó un poco en el whisky.

—Pruebe a ver qué tal.

Cathy bebió un sorbo y lanzó un suspiro de alivio.

—Mucho mejor —dijo ella.

Después de dejar el resto del agua al lado de la botella de whisky, él sonrió. Sus dientes, blancos y perfectos, brillaron; y su boca, con una intrigante insinuación de controlada pasión, la hicieron sentir algo extraño.

Consciente de que se había quedado mirándole, Cathy desvió los ojos hacia el hogar de la chimenea y, con voz ronca, preguntó:

—¿Ha venido aquí a pasar las Navidades, señor Dalgowan?

—Sí, y también el Año Nuevo. Pero ¿por qué no me llama Ross y me tutea?

—De acuerdo. Y llámame Cathy.

—¿Cuánto tiempo vas a pasar en Escocia, Cathy?

Al recordar por qué estaba en Escocia, Cathy se ruborizó.

—No estoy segura. La Navidad y el Año Nuevo...

—¿Hay alguien importante en tu vida? ¿Tienes novio?

—No —respondió ella, que no quería hablar de su desastroso matrimonio ni de su divorcio.

Aunque se acababan de conocer y apenas sabía nada de ella, Ross sintió una repentina alegría que le sorprendió por su fuerza e intensidad.

Después de Lena, había huido de las relaciones serias, prefiriéndolas superficiales y sin compromisos, centradas en el placer.

Pero en esos momentos, dudó de que eso fuera suficiente con la mujer que tenía delante.

Él estaba quieto, observándola; y, conteniendo la respiración y consciente de que la respuesta que él le diera tenía importancia, aprovechó la oportunidad y preguntó:

—¿Y tú?

—No. No hay nadie en mi vida.

Cathy estaba suspirando de alivio cuando él añadió:

—Hace unos meses estuve a punto de casarme, pero no salió bien. Aunque Lena es escocesa, de hecho nuestras familias viven muy cerca, le encanta la vida londinense y se negó a vivir fuera de Londres. Yo, por el contrario, quería vivir en el campo.

Ross hizo una breve pausa antes de añadir:

—Como no consiguió hacerme cambiar de idea, me dejó por un rico hombre de negocios que vive en Park Lane y jamás sale de Londres.

Cathy notó amargura en su voz y se dio cuenta de que la deserción de ella aún le dolía.

—Ahora, cuando ella viene a visitar a su padre y coincide que yo también estoy en Escocia, me llama.

Cathy frunció el ceño, no podía comprender el comportamiento de aquella mujer.

Al verla fruncir el ceño, él malinterpretó el gesto y se apresuró a disculparse.

—Lo siento. Quizá no debería haber sacado el tema, pero sentía curiosidad por saber si estaba viajando a Escocia para reunirse con alguien.

Instintivamente segura de que ese hombre era especial, Cathy vaciló al sentir la momentánea tentación de hablarle de Carl y explicarle el engaño del que había accedido a tomar parte.

No obstante, el engaño era bastante inocente y no haría daño a nadie. Y sólo sería por un breve tiempo, hasta que su hermano hubiera podido demostrar su valía.

—Estoy perfectamente cualificado para lo que los Bowans quieren —le había dicho Carl—, pero insisten en que sólo quieren dar empleo a un matrimonio.

Después, con un suspiro, había añadido:

—Todo habría sido perfecto si Katie y yo nos hubiéramos casado y no me hubiese dejado. Pero tal y como están las cosas necesito ayuda, hermana. Y no será tan terrible, seguiremos con nuestros respectivos trabajos fingiendo ser marido y mujer.

No obstante, fundamentalmente honesta, Cathy no estaba contenta; y de no haber sido su hermano pequeño quien le hubiera hecho esa proposición, jamás la habría aceptado.

Ahora, el corazón se le encogió al pensar en tratar de explicarle todo aquello a Ross Dalgowan. Además, le había prometido a su hermano que no se lo diría a nadie.

Rechazando la tentación, Cathy sacudió la cabeza.

—No exactamente.

Su compañero pareció satisfecho, aunque no del todo contento. Ella se sonrojó, albergando la esperanza de que él lo atribuyera al calor del fuego.

Capítulo 2

ROSS sirvió más whisky para los dos y luego, tomándola por sorpresa, dijo:

–Tienes los ojos más bonitos y fascinantes que he visto nunca.

Después, con una sonrisa crítica, añadió:

–Aunque me temo que te he dicho algo que ya sabes.

Con frecuencia, Cathy había deseado que sus ojos fueran del mismo azul intenso que los de Carl, y su voz tembló ligeramente al admitir:

–Siempre me ha parecido que no tienen un color en particular, que son indefinibles.

–Nada de eso. No sólo tienen una forma preciosa, sino que cambian de color con la luz, igual que los ópalos. Hace un momento, parecían azules; ahora, se ven verdes y dorados, igual que un día de abril.

Al verla ruborizarse, Ross se apresuró a decir:

–Perdona si te he molestado –entonces, decidió cambiar de tema de conversación–. ¿Eres londinense?

–No. Mi hermano y yo nacimos en Kent. Nos trasladamos a Londres cuando mis padres consiguieron trabajo en uno de los hospitales de Londres. Mi padre era médico y mi madre fisioterapeuta.

–Entiendo. ¿Estáis tú o tu hermano en la profesión médica también?

–Mi hermano se hizo fisioterapeuta, y yo quería ser médico.

Ross extendió el brazo para echar más leña al fuego.

–¿Querías?

–Dejé los estudios a los dieciocho años, cuando mis padres murieron en un accidente de avión.

–¿Y tú y tu hermano no estabais en el avión?

Ella negó con la cabeza.

–No. Al cumplir su vigésimo aniversario de bodas, mis padres decidieron hacer un viaje, una especie de segunda luna de miel.

–¿Tu hermano es mayor que tú?

Ella volvió a sacudir la cabeza.

–No, es un año más pequeño.

–Debió de ser muy duro –dijo él simplemente, aunque su expresión mostró compasión.

–Lo fue durante un tiempo, pero salimos adelante.

Al ver que hablar de ello la entristecía, Ross dejó el tema y preguntó:

–¿Has estado alguna vez en Cairngorms?

–No, pero tenía muchas ganas de hacerlo. Me encantan las montañas.

–Es una zona preciosa, aunque relativamente aislada, a parte de los alrededores. En medio de las montañas no hay carreteras, así que es mejor verlas a pie, a caballo o con esquís.

Hablaron de Escocia durante un rato. La grave y agradable voz de él junto con la cena que habían tomado y el whisky la hicieron sentirse adormilada y satisfecha.

Cathy estaba conteniendo un bostezo cuando él le preguntó:

—¿Cansada? ¿Si quieres acostarte y que me vaya…?

—No, no. No estoy muy cansada. Es el calor de la chimenea…

—De todos modos, cuando quieras que me vaya, no tienes más que decírmelo.

Mientras la leña ardía, continuaron charlando de cosas sin importancia. Pero bajo la superficie, se estaba estableciendo una profunda comunicación.

Al cabo de un rato y con evidente desgana, Ross se puso en pie y comentó:

—Aún tienes un largo viaje mañana, será mejor que me vaya y te deje dormir.

Desde el divorcio, dolida y amargamente desilusionada, Cathy no había querido saber nada de los hombres. Pero ahora, la idea de que Ross Dalgowan la dejara hizo que se le encogiera el corazón. Aunque no sabía nada de él, quería que se quedara.

Respirando profundamente, Cathy dijo:

—Me sentiría culpable si te sintieras incómodo cuando aquí hay tanto espacio.

—No hay motivo por el que debas sentirte culpable. Me da igual dormir donde sea. No me importa pasar la noche en uno de los sofás del salón.

—Son demasiado cortos —observó ella—. Además, no tendrás ninguna privacidad.

Ross ya sabía que esa mujer era diferente, especial; y al recordar su decisión de no involucrarse emocionalmente con nadie, pensó que debería marcharse. Pero la tentación de quedarse le hizo vacilar.

Al ver su indecisión, Cathy se apresuró a añadir:

–Las literas no parecen muy cómodas; pero si quieres quedarte en la suite, cosa que puedes hacer sin problemas, al menos podrás darte una ducha y dormir sin ropa.

–La idea de dormir sin ropa hace que tu oferta sea irresistible –respondió él con una sonrisa traviesa.

–En ese caso, quédate.

–¿Estás segura?

–Sí, estoy segura. Puedes pasar al baño cuando quieras –añadió ella para disipar cualquier duda posible.

Ross negó con la cabeza.

–Las damas primero.

Mientras Cathy agarraba lo que necesitaba para prepararse para ir a la cama, él se quedó sentado delante de la chimenea.

Después de darse una ducha, con un gorro de plástico en la cabeza para que no se le mojara el pelo, Cathy se lavó los dientes y se puso el camisón.

Se miró en el espejo mientras se quitaba las horquillas del pelo y se cepillaba las suaves hebras y vio que tenía las mejillas enrojecidas y los ojos brillantes, como si acabara de ocurrirle algo maravilloso.

Advirtiéndose a sí misma que no debía hacerse ilusiones, se puso la bata, se anudó el cinturón y, tras agarrar la ropa que se había quitado, volvió a la habitación.

El corazón le dio un vuelco al verle.

Él seguía sentado mirando ensimismado al hogar de la chimenea, el resplandor de las llamas hacían que su rostro se asemejara a la máscara de un dios inca.

Después de dejar la ropa al lado de su bolsa de viaje, Cathy respiró profundamente y le dijo:

—Ya puedes entrar.

Ross se levantó y paseó la mirada por su delgado cuerpo envuelto en satén color marfil. Vio cómo los grises ojos de él oscurecían y luego vio en ellos una llama que no tenía nada que ver con el fuego de la chimenea.

Se miraron a los ojos durante unos momentos; entonces, bruscamente, Ross giró sobre sus talones y fue al cuarto de baño. Al cabo de unos minutos, ella oyó el ruido de la ducha.

Con piernas temblorosas, Cathy se sentó en el sillón que Ross había dejado vacante y, confusa e ilusionada, repasó el tiempo en compañía de Ross.

Algo mágico había ocurrido. Él también lo había sentido, de eso estaba segura.

Entonces, como una nube oscura, surgieron las dudas. Quizá se hubiera equivocado, como lo había hecho respecto a los sentimientos de Neil. Después de aquello, ¿debía fiarse de su raciocinio?

Pero ahora era más madura y menos inocente. Y Ross no se parecía en nada a Neil. A parte del físico, le atraían su sensibilidad, su calidez, su sólido carácter.

No le oyó regresar, pero un sexto sentido la hizo levantar los ojos y le encontró a escasos metros de ella, observándola.

Ross estaba recién afeitado, sus rubios cabellos mojados y ondulados, y llevaba uno de los albornoces azules que colgaban de la puerta del cuarto de baño.

—¿Estás segura de que no te importa que un desconocido comparta la suite contigo? –preguntó él.

Mirándole, Cathy contestó con sinceridad:

—No me da la impresión de que seas un desconocido. Sé que parece increíble, pero siento como si te conociera de toda la vida.

Él avanzó un paso hacia ella y se inclinó para apartarle una hebra de pelo de la mejilla.

Cathy contuvo la respiración.

Agarrándole el brazo, Ross la hizo levantarse. Entonces, mirándola fijamente, dijo con voz suave:

—Sí, estaba seguro de que tú sentías lo mismo que yo, la misma proximidad. Lo he visto al mirarte a los ojos. Pero aunque sé que hay algo especial entre los dos, todavía es pronto; por tanto, si quieres que me vaya a una de las literas…

Cathy no quería. Sin embargo, demasiado tímida para decírselo, bajó la cabeza y murmuró:

—¿Qué es lo que prefieres hacer?

Ross le alzó la barbilla y se la quedó mirando.

Un par de horas en compañía de esa mujer había confirmado su primera impresión respecto a ella: era la mujer más encantadora que había visto en su vida. Mezclado con un aura de tristeza, veía en ella inocencia, dulzura y una vulnerabilidad que le enternecían.

—No es posible que no lo sepas –contestó él con voz enronquecida–. Quiero tenerte en mis brazos, besarte, sentir tu cuerpo desnudo junto al mío. Quiero acostarme contigo y hacerte el amor; y luego, quiero dormirme abrazado a ti.

Cathy había sido siempre inhibida y cautelosa; y después de su relación con Neil, se sentía insensible, segura de que jamás sentiría el calor del amor verdadero, el placer de encontrarse en los brazos de alguien que la amara.

Ahora, sin embargo, sus inhibiciones habían desaparecido, ¿debido al whisky quizás? Quería abrirse a la felicidad que ese hombre parecía estar ofreciéndole.

Pero ¿y si era frígida como Neil le había dicho?

Ross, que había estado observando sus cambios de expresión, suspiró, le soltó el brazo y dio un paso atrás.

—No te preocupes, me acostaré en el sofá…

Ross estaba volviéndose para marcharse cuando ella susurró:

—No te vayas. Por favor, no te vayas.

—Creo que sería lo mejor. No sé si podría resistir la tentación en caso de dormir en una de las literas.

—No quiero que duermas en el otro cuarto.

—¿Estás segura? Hace un momento parecía preocuparte compartir la cama conmigo.

—No, no… no era eso —respondió Cathy—. Pero… no suelo comportarme así.

—No se me ha ocurrido pensarlo. Sin embargo, como ya he dicho, quizá sea demasiado pronto. Así que, si no te apetece…

—Sí, me apetece —le aseguró ella—. Por favor, quédate.

Tras murmurar algo ininteligible, Ross apoyó la frente en la de ella, un gesto enternecedor que hizo que unas lágrimas afloraran a sus ojos.

Al levantar la cabeza, dos lágrimas resbalaron por las mejillas de Cathy. Ross las secó con sus labios antes de cubrirle la boca.

El contacto con el firme y musculoso cuerpo de él la derritió e, indefensa, abrió los labios bajo la magistral presión de los de él.

Con un gemido de satisfacción, Ross profundizó el beso mientras le desataba el cinturón de la bata y se la quitaba, dejándola caer en el suelo.

Mientras la besaba, la sedujo con caricias en las caderas y en las nalgas, por encima del fino tejido de satén, antes subir las manos para acariciarle las suaves curvas de los senos.

Al sentir la instintiva respuesta del cuerpo de ella, Ross tomó uno de los pechos en su mano y comenzó a acariciar el firme pezón. Al oírla jadear, le bajó los tirantes del camisón y dejó que el camisón se deslizara hasta caer al suelo junto a la bata. Entonces, cubrió uno de los pezones con la boca mientras acariciaba el otro con la mano.

Durante un rato, con una habilidad y una delicadeza de la que Neil había carecido por completo, Ross le dio placer antes de llevarla a la cama y hacerla tumbarse.

Ross estaba de pie, mirándola, admirando esa delicada piel, la firmeza y belleza de esos senos, la sinuosidad de las caderas y la longitud y esbeltez de las piernas... cuando ella abrió los ojos.

Sonriéndole, Ross se quitó el albornoz, apagó la

lámpara de la mesilla de noche y se tumbó a su lado. Entonces, con la boca, le acarició todo el cuerpo, proporcionándole un placer que ella jamás había imaginado pudiera existir.

Ross le susurró lo bonita que era, lo deseable, lo mucho que le gustaba, haciéndola enfebrecer de deseo.

Pero por un instante, cuando Ross se colocó sobre ella, sintió un súbito pánico. ¿Y si no podía responder? ¿Y si le desilusionaba?

Como si hubiera sentido su temor, Ross la besó con ternura, dándole confianza en sí misma, y el ataque de pánico se disipó.

Entonces, con sólo la luz de la chimenea mientras la tormenta de nieve golpeaba los paneles de cristal de la ventana, Ross le hizo el amor con ternura, apasionadamente.

Cathy nunca había imaginado que el amor pudiera ser así; y, después de un orgasmo de tal intensidad que la hizo creer que iba a morir de placer, volvió a la realidad completamente saciada.

Después de un rato, los latidos de su corazón y la respiración volvieron a un ritmo normal, y fue entonces cuando Cathy se dio cuenta de que la cabeza de Ross descansaba en su pecho. Se quedó quieta, saboreando el placer que ello le producía, hasta que Ross se separó de ella... pero sólo para volver a inclinarse sobre su cuerpo y besarla de nuevo profunda y tiernamente. Entonces, Ross se tumbó boca arriba, con los brazos alrededor de ella, la hizo colocarse con la cabeza entre su hombro y su pecho.

Cathy se quedó en esa postura, satisfecha, oyendo

los latidos del corazón de él, sintiendo su piel y aspirando el varonil aroma de ese hombre.

Nunca había imaginado que sus sueños pudieran convertirse en realidad como acababa de ocurrir. Era increíble. Ese hombre tenía todo lo que ella quería de un hombre y dio gracias al destino por haberle conocido.

Aunque quería permanecer despierta para saborear la magia del momento, se quedó profundamente dormida en un abrir y cerrar de ojos.

En un momento durante la noche, Ross la despertó con un beso y volvieron a hacer el amor.

A Cathy le pareció un viaje a las estrellas y, cuando acabó, de nuevo se quedó acurrucada en los brazos de él. Su último pensamiento antes de dormirse fue que, durante el desayuno, debía hablarle a Ross de Carl y del engaño que su hermano había fraguado y en el que ella había accedido a participar.

Le pediría a Ross que lo mantuviera en secreto hasta que Carl dejara demostrada su valía profesional y pudiera confesar la verdad a las personas que le habían dado el empleo.

Cuando Cathy se despertó, el lado que Ross había ocupado en la cama estaba frío y vacío. Tratando de ignorar la sensación de pérdida, se miró el reloj. Eran casi las ocho y media.

Ross debía de estar afeitándose.

Se levantó de la cama, se puso la bata y fue al cuarto de baño. Pero incluso antes de llamar a la puerta, el silencio la convenció de que él no estaba allí.

Cuando abrió la puerta del baño, vio dos albornoces, el uno al lado del otro, y la ausencia de otra ropa confirmó que él se había marchado.

Debía de estar desayunando.

Pero ¿por qué no la había despertado para desayunar juntos?

Una profunda pesadumbre se apoderó de ella.

¿Se había vuelto a equivocar? ¿Acaso Ross, a pesar de sus dulces palabras, la había considerado sólo un entretenimiento de una noche? ¿Una amante pasajera por la que no sentía absolutamente nada?

Al volverse y alejarse del baño, vio una nota en el suelo, que debía de haberse caído de la mesilla de noche. Se agachó y la agarró con una temblorosa mano.

Con letra firme, la nota decía simplemente:

Estabas tan dormida que me ha dado pena despertarte. Gracias por anoche. Eres encantadora. La señora Low te explicará por qué he tenido que marcharme con tanta prisa. Buen viaje hasta Luing. Te veré tan pronto como me sea posible.
Ross.

No le había dado su dirección; por tanto, a menos que Luing fuese un sitio muy pequeño, ¿cómo iba a encontrarla? Quería desesperadamente que lo hiciera. Pero si preguntaba por la señorita Richardson causaría problemas. Ojala le hubiera explicado la situación con Carl…

Aunque… quizá no se hubiera marchado todavía. A lo mejor tenía tiempo de verle…

Se dio una ducha rápidamente, se recogió el pelo en un moño y, después de vestirse con el traje de lana que llevaba el día anterior, fue apresuradamente a desayunar.

Pero el comedor estaba vacío, a excepción de una pareja mayor que estaba a punto de irse.

La señora Low se acercó a ella enseguida.

—Ah, buenos días, señorita Richardson —dijo la mujer—. Llega justo a tiempo. El señor Dalgowan me ha dicho que la despertara si a las nueve no había bajado a desayunar.

—¿Se ha marchado ya?

—Sí, no eran todavía las cinco y media de la mañana cuando se ha ido. Yo acababa de levantarme. Por lo que sé, le han llamado muy temprano esta mañana, se trataba de algo urgente, por eso se ha ido tan pronto.

Ojalá se hubiera despertado, pensó ella con un suspiro. De esa manera, habría podido hablar con él antes de que se fuera.

—El pobre ni siquiera ha podido desayunar —continuó la señora Low—. Sólo le ha dado tiempo a tomar un café rápidamente y, al marcharse, me ha dicho que le dijera que la vería tan pronto como le fuera posible. Por suerte, ha venido un frente cálido, por lo que la nieve no se ha congelado y las carreteras están transitables.

La señora Low hizo una momentánea pausa antes de añadir:

—Y ahora, dígame qué quiere desayunar. Tenemos beicon y huevos… ¿o prefiere pescado ahumado?

—Sólo café. Gracias.

—¿Está segura?

—Sí, gracias.

Después de que la señora Low se marchara, Cathy se acercó a la ventana. Aunque el jardín estaba cubierto de blanco en su mayoría, se podían ver zonas oscuras ahí donde la nieve se había derretido.

¿Dónde estaría Ross en esos momentos?

Aunque le había dicho que había nacido en la zona limítrofe de la región de las montañas Cairngorms y sabía dónde estaba Luing, no le había dicho exactamente dónde vivía. Por tanto, no podía ponerse en contacto con él.

De nuevo, deseó vehementemente haberle explicado lo de Carl. Pero no lo había hecho y ahora era demasiado tarde.

Cuando llegó el café, Cathy dijo:

—Quiero ponerme en camino lo antes posible, así que ¿le importaría traerme la cuenta?

—El señor Dalgowan se ha encargado de ello —le informó la señora Low—. Es un hombre extraordinario, guapo y muy generoso.

—¿Le conoce bien? —preguntó Cathy.

—Estuvo aquí en otoño cuando su coche tuvo una avería. Charlie y él, charlando, descubrieron que tenían amigos comunes. Nos prometió volver cuando pasara de nuevo por aquí.

—¿Sabe dónde vive exactamente?

Aparentemente sorprendida por la pregunta, la señora Low respondió vagamente:

—No me acuerdo del nombre de la casa, pero es en las estribaciones de las montañas Cairngorms, a unos pocos kilómetros de Luing… Ah, perdone, está sonando el teléfono. Por si no estoy cuando se marche, adiós y buen viaje —la señora Low se alejó apresuradamente y, un momento después, el teléfono dejó de sonar.

Tan pronto como Cathy se bebió el café, fue a la suite, recogió sus cosas y sacó del bolso el anillo que necesitaba llevar puesto.

Se trataba del anillo de bodas de su madre, ya que Neil se había quedado con el suyo cuando la abandonó, igual que con todo lo demás. Debido al grabado, fue uno de los pocos objetos devueltos tras el accidente de avión de sus padres.

Al deslizar la banda de oro con el nudo de los amantes en su dedo, descubrió que le quedaba bastante grande. Tendría que tener cuidado para no perderlo o llevarlo a un joyero para que lo ajustara a su dedo.

Tras lanzar una última mirada a la habitación en la que había sido tan feliz, salió del establecimiento, metió la bolsa en el maletero y emprendió el viaje.

Hacia el mediodía, intentó parar para tomar un bocadillo y una bebida caliente; pero al no encontrar nada, continuó el viaje.

Después, justo al norte de Blair Brechan, se equivocó de carretera. No fue hasta primeras horas de la tarde cuando, tras empezar a nevar otra vez, se aproximó a su destino.

Luing resultó ser una aldea en un lugar espectacular. Estaba compuesta de una granja, cinco casas y una iglesia que convergían en la intersección de tres estrechas carreteras.

Cathy vaciló al no saber qué camino tomar. Sin

embargo, en ese momento, un hombre con una gruesa chaqueta y gorro apareció en compañía de un perro.

Cathy bajó la ventanilla del coche y, alzando la voz, dijo:

—Por favor, ¿podría decirme dónde está Beinn Mor?

—Tiene que tomar el camino que tiene justo delante. Está a un kilómetro y medio aproximadamente.

Cathy le dio las gracias y emprendió el último tramo del trayecto.

A su izquierda, la estrecha carretera estaba flanqueada por un pinar; a su derecha, pronto apareció un viejo muro de piedra que comenzó a serpentear paralelamente a la carretera.

Después de un kilómetro y medio aproximadamente, se encontró frente a un par de enormes pilares de piedra sobre los cuales había dos leones que parecían guardar la entrada. En contraste, las puertas de hierro estaban abiertas en señal de bienvenida. Justo a la entrada había un cartel verde con escritura dorada anunciando la finca Dunbar, el hotel Mor y el albergue de esquí.

Nevaba suavemente y empezaba a oscurecer, y el bajo edificio que apareció a la vista estaba iluminado.

Aunque estaba advertida de que la familia Scot celebraba más el Año Nuevo que la Navidad, su propiedad presentaba una encantadora escena navideña con los decorados propios de esa época del año.

Cuando paró el coche en el patio delante de la casa, una pesada puerta de madera se abrió y Carl, que debía de haberla visto por alguna ventana, apareció con una mujer rubia alta y delgada a su lado.

Cuando Cathy salió del coche, él acudió a ella apresuradamente.

Por primera vez desde que Katie le dejara, su hermano parecía contento y, a pesar de los tiempos difíciles que se avecinaban para ella, se alegró de ver a Carl.

—Cariño, no sabes qué alegría me da verte —Carl le dio un abrazo y le puso la boca junto al oído—. Todo va a ir bien. ¿Te has acordado del anillo?

—Sí, lo llevo puesto —murmuró ella.

Tras otro abrazo, su hermano dijo en tono de voz normal:

—Ven, quiero presentarte a la señora Bowan… Te ayudaré a deshacer las maletas luego.

Con un brazo alrededor de ella, su hermano la condujo hasta donde la rubia esperaba, bajo el porche.

Viéndola de cerca, aunque no podía decir que fuera bonita, esa mujer sí era muy atractiva: rostro agradable, ojos azul claro y rubia. También era mucho más joven de lo que había supuesto.

Carl las presentó:

—Querida, la señora Bowan. Margaret, ésta es mi esposa, Cathy.

—Encantada de conocerte… Cathy —entonces, Margaret sonrió con expresión de disculpa—. Lo siento, pero se me había metido en la cabeza que te llamabas Katie en vez de Cathy.

Evidentemente, al principio, Carl debía de haber dicho que su futura esposa se llamaba Katie.

Sintiéndose terriblemente culpable al pensar que estaba engañando a aquella agradable mujer, Cathy murmuró:

–¿Qué tal, señora Bowan?

–Por favor, llámame Margaret y tutéame. Aquí no nos gusta andarnos con formalidades. Y ahora, entra a tomar un té y a quitarte el frío un poco antes de que Carl te lleve a vuestro piso.

Ya en la casa, la mujer les condujo a una especie de vestíbulo-salón en el que había dos sofás de cuero, algunos sillones y un par de mesas bajas de centro, todo ello delante de una chimenea encendida.

A la izquierda, al fondo, había un bar semicircular con taburete; a la derecha, un mostrador de recepción. Detrás del mostrador, revisando unos papeles, había una bonita joven con cabello oscuro y rizado.

–Ésta es Janet Muir –dijo Margaret–. Nos ayuda a llevar el negocio. No sabría qué hacer sin ella. Janet, ésta es Cathy, la mujer de Carl.

Cathy, volviendo a sentir una punzada de culpabilidad, sonrió a la joven.

–¿Tienes tiempo de tomar un té con nosotros? –le preguntó Margaret a Janet.

Janet sacudió la cabeza.

–Gracias, pero será mejor que termine lo que estoy haciendo.

Tras abrir una puerta en la que había un letrero en el que se leía «Privado», Margaret les condujo a una acogedora habitación en la que había un servicio de té preparado delante de una chimenea.

—Éste es nuestro cuarto de estar, y por ahí se va a nuestro dormitorio, el baño y a una pequeña cocina. Como puedes ver, está algo abigarrado.

Margaret se interrumpió un momento antes de añadir:

—Mi hermano, que es el propietario de la finca Dunbar, estaría encantado de que nos fuéramos a vivir a la casa principal; pero cuando el albergue y las cabañas de madera están ocupadas, tal y como ocurre en estos momentos, nos parece que tenemos que estar aquí por si surge algún problema. Por favor, quítate el abrigo y siéntate.

Después de indicarles que se sentaran en un sofá delante de la chimenea, Margaret se sentó frente a ellos antes de preguntar:

—¿Qué tal el viaje?

A Cathy se le secó la boca, pero logró contestar:

—Muy bien. Aunque no esperaba tanta nieve de repente.

Mientras servía el té, Margaret dijo:

—Sí, hemos tenido mucha nieve estos días, bueno para el deporte del esquí, pero no para viajar. ¿Azúcar?

—No, gracias.

Después de darles una taza a cada uno, ofreció tarta casera.

—Janet hace la mejor tarta de frutas del mundo.

Cathy, que no creía ser capaz de probar bocado, dio las gracias y rechazó la oferta. Carl aceptó un trozo.

—No tengo hambre —explicó Cathy.

Margaret le sonrió.

–En ese caso, como todos estamos invitados a cenar en Dunbar esta noche, es mejor que no comas tarta para que no se te quite el apetito.

Entonces, con sinceridad, Margaret añadió:

–Estamos encantados de tener un matrimonio tan agradable como vosotros. El año pasado fue una auténtica pesadilla. Desgraciadamente, André, el profesor de esquí que contratamos, resultó ser un donjuán. Recibimos varias quejas de unas mujeres y también una de un furibundo marido que había sorprendido a André con su esposa en una de las cabañas; ella le juró que André la había seducido y el marido amenazó con llevarnos a juicio.

Tras volver a llenarles las tazas de té, Margaret continuó:

–Fue entonces cuando decidimos que, en el futuro, sólo contrataríamos a gente casada. Hace unos meses, antes de la temporada de esquí, contratamos a una pareja que se presentó como el señor y la señora Fray, pero pronto descubrimos que no estaban casados y les despedimos.

Con el rostro ardiendo, Cathy no sabía adónde mirar. Aquello iba a ser peor de lo que había imaginado.

Capítulo 3

EN FIN, supongo que estáis deseando pasar un rato a solas. Vuestro piso está en la casa principal. Carl ya está instalado, así que no creo que tardes mucho en sentirte como en casa, Cathy –dijo Margaret después del té–. Tomaremos una copa en el estudio a las siete, lo que te dejará tiempo para deshacer las maletas y descansar.

Deseosa de marcharse de allí, Cathy se puso en pie y, tras dar las gracias por el té, se puso el abrigo y se dirigió hacia la puerta seguida de Carl.

Después de entrar en el coche, Carl, al volante, notó lo mal que su hermana se encontraba y dijo con voz queda:

–Por favor, hermana, sé que lo estás pasando mal, pero esta oportunidad significa mucho para mí. Este trabajo es perfecto para mí y, si no fuera por estar engañando a una gente que me cae muy bien, me sentiría absolutamente feliz.

Carl puso en marcha el coche y añadió:

–Créeme, tan pronto como me conozcan mejor y les haya demostrado que puedo hacer bien mi trabajo y que no soy un donjuán, les confesaré la verdad.

–¿Y si, cuando lo hagas, se enfadasen tanto que te echaran?

—Después de haber llegado tan lejos, es un riesgo que debo asumir. Espero que no lo hagan, porque esto me encanta; sin embargo, si lo hacen, nos buscaremos otros trabajos y otro sitio donde vivir. Hasta entonces, cuento con tu apoyo.

Con un suspiro, Cathy le dijo:

—Está bien, haré lo que pueda, pero no se me da bien mentir.

—A mí tampoco. Pero una vez que nos hayamos acoplado y que estemos adaptados al trabajo, todo resultará más fácil.

Eso era lo que Cathy esperaba.

—¿Está muy lejos la casa principal? —preguntó ella.

—La casa Dunbar está a un kilómetro y medio por carretera más o menos; pero, andando, hay un atajo, un camino que se toma por la parte de atrás, cruzando un bosquecillo, y sólo se tarda unos minutos en llegar.

Al alcanzar la cima de una colina y doblar la curva que marcaba el descenso, Cathy vio unas luces a través de una arboleda. En la oscuridad y con la nieve cayendo, divisó una casa antigua color gris anclada en las colinas nevadas. Era una imagen preciosa.

La casa era larga y baja, con torcidas chimeneas, ventanas con paneles y enredaderas cubriendo sus muros.

Era una casa pintoresca y preciosa. Como hipnotizada, Cathy murmuró:

—Mi casa…

—¿Qué? —preguntó Carl, sorprendido.

–La casa –dijo ella–. Así, con la nieve cayendo, esa casa me ha recordado a una que vi una vez en una bola de nieve.

Cuando llegaron a la casa, Carl salió del coche y, después de sacar la maleta más grande del maletero, le dio a su hermana la otra más pequeña.

Después de sacarse un llavero del bolsillo, abrió la puerta, que daba a un vestíbulo con chimenea y suelo de piedra.

–En el pasado, esto era el vestíbulo de los sirvientes. Pero hoy en día sólo hay unos cuantos empleados.

Aunque la enorme chimenea no estaba encendida, no hacía frío, y cuando Cathy lo comentó, su hermano le explicó que había calefacción centrar.

Había varias puertas en el vestíbulo y, abriendo la que estaba más cerca, Carl comentó:

–Por cierto, esta puerta, a veces, no cierra bien.

Carl la condujo a su piso, en el piso de la entrada, y al entrar encendió las luces.

–Aquí gozamos de completa intimidad. Ni siquiera la mujer de la limpieza entra a limpiar a menos que se le diga que lo haga. Lo cual quiere decir que no hay problema en que tengamos habitaciones separadas.

Cathy lanzó un suspiro de alivio.

–La señora Fife, el ama de llaves, lo tenía todo arreglado cuando yo vine, incluso tenía comida en el frigorífico y en el congelador. Me ha dicho que te diga que, si necesitas algo, no tienes más que decírselo. Tiene fama de ser un dragón, pero he logrado ganármela.

–Debió de ser tu modestia natural lo que la conquistó.

Carl sonrió traviesamente.

–Ven, voy a enseñarte el piso antes de ayudarte a deshacer el equipaje.

El piso era espacioso y bonito, con grandes ventanas, paredes blancas, travesaños de madera casi negros y encerados suelos de tarima.

El cuarto de estar era muy agradable y con mobiliario moderno. La cocina tenía una puerta trasera que daba a un pequeño patio, ahora cubierto por la nieve. Y había dos dormitorios cada uno con un cuarto de baño; uno de ellos ya ocupado por Carl.

Con la maleta de ella en la mano, Carl la condujo al otro dormitorio.

–Los dos tenemos un juego de llaves, una llave para la puerta de la entrada, la del vestíbulo, y dos más para la puerta del piso. Tu juego de llaves está ahí, encima de tu cómoda.

Mientras Cathy miraba a su alrededor, su hermano le preguntó con cierta ansiedad:

–Bueno, ¿qué te parece?

Cathy hizo un esfuerzo por parecer entusiasmada.

–Está muy bien. Mucho mejor de lo que esperaba.

–Esperaba que te gustara –dijo Carl, evidentemente aliviado.

Entonces, Carl se fue al coche para recoger el resto del equipaje.

Mientras deshacía las maletas y metía la ropa en el armario y en un mueble con cajones, Cathy suspiró. Le gustaba la casa, pero el hecho de que Carl y ella estuvieran allí viviendo una mentira la hacía sentirse mal.

A las siete menos diez, recién duchada y vestida con un sencillo vestido azul marino, que se ceñía atractivamente a sus curvas, unas sandalias de vestir y unos pendientes de perlas, Cathy salió del dormitorio y se encontró con Carl, que la estaba esperando.

Agrandando los ojos, Cathy exclamó:

—¡Vaya, qué guapo te has puesto!

Muy guapo con su traje de vestir y pajarita, Carl sonrió.

—Tú tampoco estás nada mal.

—Gracias.

—En realidad, estás despampanante.

—No exageres. A propósito —continuó ella mientras cerraban la puerta del piso a sus espaldas—, quería habértelo preguntado antes pero no lo he hecho, ¿qué tal es el hermano de la señora Bowan?

—Todavía no le he visto, pero Margaret me ha hablado mucho de él. Según me ha dicho, es un hombre de negocios que, de momento, pasa la mayor parte del tiempo en Londres o viajando...

Mientras se dirigían al estudio, él continuó:

—Hace dos o tres años, cuando su padre murió, él heredó la finca Dunbar al igual que el título, que él no usa. Con el fin de que Dunbar sea autosuficiente económicamente hablando, él decidió construir unas cabañas de madera y convertir Beinn Mor en un complejo turístico para el verano y en un albergue de esquí para el invierno.

Al llegar al final de un ancho pasillo, cruzaron un arco de piedra que conducía a un vestíbulo tipo palaciego con paredes forradas de madera, candelabros, una enorme chimenea de piedra y una elegante escalera curva de madera de roble que subía a una galería, antiguamente la galería de los músicos.

–Éste es el vestíbulo principal –le dijo Carl–. Y esas puertas dan a la estancia que hace las veces de biblioteca, estudio y despacho.

Carl abrió una puerta de hoja doble de madera y Cathy, tras entrar, se encontró en una bonita estancia de paredes que estaban cubiertas de libros, una alfombra vino burdeos y cortinas de terciopelo. También había varios sillones de cuero, un sofá y una mesa de centro ovalada delante de una chimenea; a un lado, había un carrito con bebidas, copas y vasos.

Delante de la ventana había un escritorio grande con un ordenador último modelo, una impresora y demás equipo de oficina. Perpendicular al escritorio había otra mesa de despacho más pequeña con un ordenador portátil. Cada escritorio tenía una silla de cuero.

El hombre que se acercó a saludarles era alto y fuerte, poseía un agradable rostro, cabello castaño y brillantes ojos castaños. Parecía tener treinta y bastantes años.

–Soy Robert Munro, el gerente de la finca. Tú debes de ser Carl, ¿no? –dijo el hombre extendiendo la mano.

–Así es –respondió Carl, estrechándole la mano–. Y ésta es Cathy, mi mujer.

–Encantado de conoceros –dijo Robert.

A Cathy le gustó ese hombre de inmediato y, sonriendo, le estrechó la mano.

En ese momento, una puerta, al otro extremo de la estancia, se abrió y un pequeño grupo de gente apareció.

Janet y Margaret, charlando animadamente, entraron en compañía de un hombre de oscuro cabello, guapo y mediana estatura que, inmediatamente, estrechó la mano de Cathy y se presentó como Kevin Bowan.

El último en aparecer, hablando por un móvil, parecía distraído y tenía el ceño fruncido. Era alto, de anchos hombros, rubio, y fuertes y pronunciados rasgos.

Cathy se quedó sin respiración mientras él, despidiéndose en un susurro, cortó la comunicación, apagó el teléfono, se lo metió en un bolsillo de la chaqueta y se volvió para saludar a sus invitados.

Cuando él vio a Cathy, la sorpresa y la alegría le iluminaron el rostro. Pero su alegría murió cuando Margaret hizo las presentaciones.

–Éste es Ross Dalgowan, mi hermano. Ros, te presento a Carl Richardson. Carl es nuestro nuevo profesor de esquí y fisioterapeuta –mientras los dos hombres se estrechaban la mano, Margaret continuó–: Y ésta es Cathy, la esposa de Carl, que nos va a ayudar con el trabajo de oficina.

Cathy, que lo único que quería era salir corriendo de allí, se quedó clavada donde estaba.

Los ojos de Ross se clavaron momentáneamente en el anillo de su dedo anular.

–Señora Richardson...

Tras esas palabras, Ross se volvió hacia el carrito con las bebidas.

–Dígame, ¿qué le apetece tomar? ¿Ginebra con tónica? ¿Un jerez?

A Cathy le pareció mejor aceptar el jerez que poner objeciones.

–¿Cremoso o seco?

–Seco. Gracias.

–¿Janet?

–Lo mismo, gracias.

Ross les dio sus bebidas antes de volverse a su hermana.

–¿Y tú, Marley?

–Una ginebra con tónica, gracias.

Mientras servía el resto de las bebidas, la conversación se fue animando. Si alguien le hacía una pregunta directamente, Cathy respondía; pero, a parte de eso, no participó activamente en la conversación.

La cena fue exquisita y la sirvió una joven empleada uniformada que, según explicó Margaret, era la bisnieta de Hector.

Pero Cathy apenas pudo probar bocado. Tenía la boca seca y la garganta cerrada, consciente de la fría mirada de Ross, sentado frente a ella.

Ross tampoco habló mucho, dejando el peso de la conversación a Margaret y al resto de los invitados. En un momento, durante la cena, se empezó a hablar de la tormenta de nieve y de unos esquiadores que se habían perdido.

–Como sabéis, yo estaba en Rothmier haciéndole

una visita a mi madre –dijo Robert–. Y como acabo de llegar, es la primera noticia que tengo de esto.

Margaret se dispuso a contarle lo ocurrido:

–Verás, anoche, ya muy tarde, descubrimos que una pareja de mediana edad no había regresado de su salida a esquiar, y estábamos en medio de una tormenta de nieve. En ese momento no podíamos hacer nada; pero esta mañana, a eso de las cinco, llamamos a Ross y él prometió volver inmediatamente. Entretanto, tan pronto como se hizo de día, Kevin y una gente más salieron a buscarlos. Lo malo era que nadie sabía en qué dirección se había ido la pareja.

Margaret suspiró antes de continuar:

–Como sabes, Kevin conoce la zona muy bien; sin embargo, Ross nació y se crió aquí, y conoce esto como la palma de su mano. Tan pronto como llegó a casa, salió con otro grupo de gente y, por fin, encontraron a la pareja. Por lo visto, se habían perdido, les había pillado la tormenta de nieve y se habían refugiado en un refugio de montaña. En fin, a parte de tener frío y hambre, no les había pasado nada.

–Tuvieron mucha suerte –observó Robert.

Al cabo de unos momentos, la conversación se desvió de nuevo.

Cuando la cena hubo terminado, se sirvió el café delante de la chimenea y los presentes se sentaron en dos sofás que hacían esquina y dos sillones alrededor de una mesa de centro frente al hogar de piedra.

Cathy se sentó en uno de los sofás y, para su desgracia, Ross se sentó a su lado. Estaban tan cerca que sus rodillas casi se tocaban.

–¿Cuánto tiempo lleva casada, señora Richardson? –le preguntó él con voz suave.

–Po... poco –respondió ella enrojeciendo.

–¿Cuánto tiempo es poco?

–Tres o cuatro semanas –respondió Cathy sin saber bien lo que decía.

Ross arqueó una ceja.

–Si me permite decirlo, no parece estar muy segura.

Apartando los ojos de los de él, Cathy trató de recordar la fecha en la que Carl y Katie deberían haberse casado.

–Hoy hace cuatro semanas.

–¿Así que se casó en viernes?

–Sí –Cathy se mordió el labio al darse cuenta de la poca seguridad con la que había hablado.

–De nuevo... no parece demasiado segura de los hechos.

Consciente de que él la estaba interrogando, Cathy recuperó la compostura y respondió:

–Sí, estoy segura.

–¿Y no le parece de mal agüero casarse en viernes?

–No.

–A mucha gente se lo parece.

Al ver que ella no respondía, Ross insistió:

–Dígame, señora Richardson, ¿se casó por la iglesia o por lo civil sólo?

–Por lo civil.

–¿Dónde?

—¿Que dónde? —repitió ella agonizando.

—Sí. ¿En qué registro civil se casó?

Incapaz de pensar, Cathy le dio el nombre del registro civil en el que Neil y ella se habían casado y, con desesperación, rezó por que el interrogatorio acabara. Aunque sabía que no iba a ser así.

—¿Vive en Londres?

—Sí.

—¿Dónde exactamente?

Cathy dejó el café encima de la mesa.

—En Notting Hill. Teníamos alquilado un piso amueblado en Oldes Court.

Con una sonrisa maliciosa, él dijo:

—Por «teníamos» se refiere a su esposo y a usted, ¿verdad?

—Naturalmente.

—¿Vivían allí juntos antes de casarse?

—Sí.

—¿Aún conservan el piso?

—No.

—¿Por qué no?

—Como veníamos a vivir a Escocia, ¿qué sentido podría tener mantener un piso en Londres?

Ross guardó silencio y ella, pensando que su tortura había acabado, suspiró de alivio.

Pero resultó ser prematuro. Pronto, esos grises ojos volvieron a clavarse en ella.

—¿Dónde ha pasado la luna de miel, señora Richardson?

Cathy miró a Carl en busca de ayuda, pero lo encontró inmerso en una conversación con Janet.

—Parece nerviosa —comentó Ross.

–No es extraño que esté nerviosa –dijo Margaret, saliendo en ayuda de Cathy–. Por lo que estoy oyendo, la estás sometiendo a un interrogatorio digno de la Inquisición. Pero no es necesario, estoy convencida de que Cathy y Carl están casados realmente, al contrario que «el señor y la señora Fray»... ¡Y por el amor de Dios, Ross, deja de llamar señora Richardson a la pobre chica! Se llama Cathy y aquí nos tuteamos todos.

Ross sonrió irónicamente.

–Puede que no quiera tanta familiaridad.

–Tonterías. Sabes perfectamente que aquí nadie llama a nadie de usted.

–En ese caso... No te importa que te llame Cathy y que nos tuteemos, ¿verdad?

–No, claro que no –respondió Cathy tras respirar profundamente.

Entonces, Kevin atrajo la atención de su esposa y la hostil mirada de Ross volvió a clavarse en Cathy.

–¿De qué estábamos hablando? Ah, sí, ibas a decirme dónde pasaste la luna de miel.

–No hemos hecho viaje de luna de miel.

–¿Por algún motivo en particular?

–Como Carl estaba a punto de empezar su nuevo trabajo, pensamos no molestarnos.

–Eso de «pensamos no molestarnos» no suena especialmente romántico.

Al oír las últimas palabras, Carl dijo con una sonrisa traviesa:

–En eso te equivocas. Aunque Cathy es una persona muy práctica, también es muy romántica. Siempre lo ha sido.

–Lo dices como si la conocieras de toda la vida.

–Bueno… así es –dijo Carl apresuradamente.

Los labios de Ross esbozaron una mueca parecida a una sonrisa.

–¿Así que vuestra amistad de niños se convirtió en amor con el tiempo?

No pudiendo soportarlo más, Cathy se puso en pie y dijo a todos los presentes:

–Espero que me disculpéis, pero estoy cansada y me duele la cabeza, creo que me voy a la cama.

–Sí, naturalmente –Margaret era todo comprensión–. Has tenido un viaje largo y los viajes cansan mucho.

Roos, que se había puesto en pie al mismo tiempo que Cathy, se acercó a ella y sugirió descaradamente:

–¿No dormiste bien anoche?

Ignorando el aparentemente inocente comentario, Cathy dio las buenas noches a todos y se dirigió hacia la puerta.

Pero, sin dar la sensación de premura, Ross la alcanzó antes de que ella hubiera podido abrirla. En apariencia, fue un gesto caballeroso, pero él abrió y sujetó la puerta de tal manera que le impidió traspasar el umbral.

Entonces, antes de que pudiera escapar, Ross dijo:

–Quiero que mañana por la mañana estés en mi estudio a las ocho en punto…

–¿En tu estudio? –le interrumpió ella, sin poder ocultar su sorpresa.

–Eso es.

–Pero yo creía… No me había dado cuenta de que…

Con ojos grises y fríos, Ross le dijo:

–De lo que vas a encargarte es de la contabilidad y el papeleo de la finca.

–Ah… Creía que iba a trabajar en el albergue.

Ross sacudió la cabeza.

–Marley y Janet se encargan de todo lo referente a Beinn Mor…

Con expresión comprensiva, Janet interrumpió:

–No te preocupes, yo estaré contigo hasta que te hagas con el trabajo.

Frunciendo el ceño, Ross dijo bruscamente:

–Marley me había dicho que iba a contratar a alguien que podía hacer el trabajo sola.

–Y puedo hacerlo sola –dijo Cathy en tono desafiante.

La contabilidad no era lo que le preocupaba, tenía experiencia, lo que le preocupaba era trabajar en Dunbar ya que eso significaba que, en cualquier momento, podía tropezarse con él.

Margaret, que había notado la extraña brusquedad de su hermano hacia Cathy, decidió intervenir.

–No me cabe duda de que puedes hacer el trabajo sin problemas, pero es posible que, al principio, necesites un poco de ayuda. Principalmente, porque el viejo Hector McDonald, que llevaba casi cincuenta años encargado de la contabilidad, se acaba de jubilar y, teniendo en cuenta que tiene ochenta y cinco años, llevaba un tiempo sin hacer bien el trabajo.

Margaret suspiró y añadió:

–Janet trataba de ayudarle, pero Hector se negaba

a que utilizara nuevos sistemas de contabilidad; es decir, rechazaba de plano los ordenadores. Como Hector llevaba prácticamente toda la vida en Dunbar, Ross no quería hacer nada que pudiera herir sus sentimientos. En resumen, hay mucho que hacer.

—De ahí la necesidad de empezar temprano el trabajo —dijo Ross, haciéndose de nuevo con el control de la situación. Y volvió a mirar a Cathy—. Por eso, te sugiero que te tomes un par de aspirinas y que descanses esta noche.

—Eres un tirano, Ross —dijo Kevin a su cuñado en broma—. No olvides que Cathy y Carl son recién casados y que llevan unos días separados. Sin duda, tienen mejores cosas que hacer que dormir…

Al ver el intenso sonrojo de Cathy, Margaret protestó.

—¡Hombres! La habéis hecho ruborizarse.

Ross sonrió burlonamente.

—Como la mayoría de las parejas de hoy en día viven juntas antes de casarse, me sorprende que en el mundo de hoy todavía haya mujeres que se ruboricen.

Mirando a su hermano con el ceño fruncido, Margaret dijo:

—No sé qué te pasa esta noche, no es propio de ti mostrarte tan insensible.

Carl, poniéndose en pie, le preguntó a su hermana:

—¿Quieres que te acompañe, querida?

—No, no es necesario.

—¿Tienes las llaves?

Cathy sacudió la cabeza.

—En ese caso, toma las mías —Carl se las tiró para que las agarrara al aire—. Deja la puerta entreabierta para que pueda entrar. De todos modos, no tardaré mucho, mañana tengo que levantarme pronto para acompañar a un grupo de esquiadores sin experiencia.

—Bueno, buenas noches a todos —murmuró Cathy evitando mirar a Ross.

Una vez en su dormitorio, Cathy se dejó caer en la cama. Por el momento, no le quedaba más remedio que dejar que Ross pensara que era una inmoral si no quería arriesgarse a que él se lo contara todo a su hermana, y Margaret despidiera a Carl por haberle mentido.

Las lágrimas le resbalaron por las mejillas, pero se las secó con fiereza. Nadie, sobre todo Carl, debía verla llorar.

Capítulo 4

CUANDO Cathy se despertó a la mañana siguiente, se quedó horrorizada al mirar el despertador y ver que eran casi las nueve menos cuarto.

El piso estaba en silencio y supuso que Carl ya había desayunado y se había marchado a trabajar.

Se levantó, fue rápidamente al cuarto de baño, se lavó los dientes y se duchó. Después, con algo de dolor de cabeza y sin sentirse descansada, se vistió con una falda marrón, un jersey y un chaleco de ante.

Después de recogerse el pelo en un moño, se metió las llaves del piso en el bolsillo del chaleco y corrió hacia el estudio dispuesta a pedirle disculpas a Janet por su tardanza.

Al aproximarse a la puerta, vio un repentino movimiento; después, vio aparecer a su lado un gato muy grande. El gato tenía un precioso color dorado en el lomo y pecho y patas blancas, la cola era anaranjada y blanca.

A Cathy le gustaban los gatos y exclamó:

—¡Hola! ¿De dónde has salido tú?

Mirándola con grandes ojos color verde dorado, el gato maulló.

Agachándose para acariciarle, Cathy dijo:

–Dios mío, qué guapo eres.

Al parecer complacido por el halago, el gato comenzó a frotarse contra los delgados tobillos de ella. Tenía el pelo suave y mantenía la cola levantada con aire aristocrático.

Con la mano en el pomo de la puerta, Cathy dijo:

–Como no sé si se te permite entrar en el estudio, será mejor que te vayas.

Sin embargo, en el momento en que Cathy abrió la puerta, el gato se escurrió por ella corriendo y entró en el estudio para colocarse delante de la chimenea.

Tras cerrar la puerta, Cathy se disculpó:

–Lo siento, no sabía si…

Pero se interrumpió en el momento en que se encontró mirando a los fríos ojos de Ross que, sentado delante de su ordenador, la observó con dureza antes de señalarse el reloj.

–Lo… siento –balbuceó ella–. Me he despertado tarde.

–Eso ya lo veo. Esperaba que esta vez Marley hubiera encontrado una pareja decente y en quien se pudiera confiar. Al parecer, no es así.

–Te aseguro que no volverá a ocurrir –dijo ella con voz tensa–. En el futuro no me olvidaré de poner el despertador.

–No habrá ningún futuro si tu marido también ha ido tarde a trabajar.

–Estoy segura de que Carl ha llegado a su hora.

–¿A qué hora se ha marchado?

–Yo… no estoy segura.

–No le oíste marcharse.

Ella negó con la cabeza.

–¿Y no te ha despertado? –insistió Ross.

–No ha debido creerlo necesario, sabe que me suelo levantar bastante temprano.

–¿A qué hora te has levantado?

–A las nueve menos cuarto –admitió ella–. Pero llevaba mucho sin dormir bien y…

De repente, al recordar la broma de Kevin respecto a los recién casados, Cathy se ruborizó.

–Claro, después de haber tenido que conformarte con un sustituto…

–Lo siento, de verdad que lo siento. Ojalá pudiera cambiar lo que ocurrió…

–De eso no me cabe duda –dijo él mordazmente–. Después de que te fueras a la cama anoche, Marley comentó lo mucho que le gustabas, dijo que te encontraba una persona tranquila, dulce y bastante tímida. Los demás estuvieron de acuerdo con su opinión. Y tu marido, que evidentemente te quiere mucho, añadió que eres muy leal y que tiene suerte de poder contar contigo. Me pregunto qué pensarían si supieran la sórdida verdad sobre ti.

–¿Vas a decírselo? –preguntó ella sintiendo la garganta seca.

–Eso depende.

–¿De qué?

–Si haces exactamente lo que yo te diga y no coquetas con ninguno de los hombres que se hospeden en Beinn Mor, estoy preparado a darte una oportunidad, aunque sólo sea por tu marido.

–¿Quieres decir que estoy en periodo de prueba?

–Exacto. No me fío de ti. Me temo que cuando una mujer recién casada se comporta de la forma como tú lo has hecho…

–Yo no… –Cathy se interrumpió; de repente, le zumbaban los oídos y la habitación empezó a dar vueltas.

Ross la vio palidecer y la agarró antes de que pudiera caerse. La llevó a uno de los sillones delante de la chimenea, la sentó y la hizo bajar la cabeza hasta apoyarla en sus rodillas.

Después de unos segundos, el mareo comenzó a pasar. Alzando la cabeza, ella logró decir con voz temblorosa:

–Gracias, ya estoy bien.

Ross la miró. Cathy tenía los labios blancos y los ojos desmesuradamente grandes.

–No lo parece –contestó él–. ¿Has desayunado?

–No.

–¿Cuándo ha sido la última vez que has comido?

–Anoche.

–Anoche no comiste prácticamente nada. ¿Almorzaste ayer? ¿Paraste por el camino para comer?

Ella sacudió la cabeza.

–En ese caso, llevas sin comer desde ayer por la mañana… eso si desayunaste.

Cathy no respondió, pero Ross interpretó su expresión correctamente y dijo con impaciencia:

–¿Es que no tienes sentido común? Me extraña que no hayas desfallecido antes.

Acercándose al dintel de la chimenea, Ross llamó a un timbre. Al poco tiempo se oyeron unos golpes en la puerta a lo que siguió la entrada de la joven empleada que sirvió la cena la noche anterior.

—Hola, Flora —dijo Ross en tono agradable—. ¿Serías tan amable de decirle a la cocinera que prepare unas tostadas con miel y café? Y, por favor, tráelo cuando esté listo.

—Sí, señor —Flora se dio media vuelta y se marchó.

Ross se sentó en el sillón opuesto al de ella y la miró con expresión inescrutable.

—Recién casada con un buen hombre como Carl… ¿por qué lo hiciste? —preguntó Ross de repente, sorprendiéndola.

—Lo siento… ojalá pudiera explicártelo.

—No es necesario que lo hagas, lo entiendo perfectamente. Demasiadas hormonas y muy poco autocontrol —la boca de él hizo una mueca—. Cuando te conocí, me pareciste diferente, especial… Y debido al modo como te comportaste conmigo, estúpidamente supuse que a ti te ocurría lo mismo respecto a mí.

Ross sacudió la cabeza y, casi violentamente, añadió:

—¿Tienes idea de lo que es conocer a una mujer que te parece casi perfecta y luego descubrir que es una mentirosa que ha engañado a su marido?

—Tú nunca has engañado a nadie, ¿verdad? —dijo ella con fiereza.

—No, nunca —respondió él tajantemente—. Cuando estaba prometido, nunca miré a otra mujer; y lo mismo haré si me caso alguna vez. Admito que no llevo una vida de monje, pero no estoy comprometido con nadie; y otra cosa, jamás tengo relaciones con una mujer casada. Ahora, gracias a ti, me encuentro en la «envidiable» posición de haberme acostado con la esposa de uno de mis empleados.

Quizá por primera vez, Cathy se dio cuenta del profundo enfado y desilusión de Ross… Y volvió a desear poder decirle la verdad.

Pero no tenía sentido, no solucionaría nada. Lo que Ross había sentido por ella había desaparecido, nunca volvería a sentir lo mismo.

Combatiendo las lágrimas, Cathy repitió:

—Lo siento. Creo que será mejor que me vaya…

—¿De qué serviría? —preguntó él en tono tajante—. No puedes marcharte sin una buena razón. Y si le contaras la verdad a tu marido, a parte de destrozar la confianza que él pueda tener en ti, harías que perdiera el trabajo y también dejarías a Marley y a Kevin en la estacada. No, los dos tendremos que superar lo ocurrido y…

Ross se interrumpió al oír unos golpes en la puerta anunciando la llegada de la empleada con una bandeja. Después de dejarla encima de la mesa de centro, la empleada preguntó:

—¿Algo más, señor?

—No, gracias, Flora.

Cuando la puerta volvió a cerrarse detrás de la chica, Ross llenó dos tazas de café; después, untó mantequilla y mermelada en una tostada y dejó el plato delante de Cathy.

—Toma, cómetela.

A pesar de que no le gustaba la miel, Cathy logró comerse una tostada entre sorbos de café. Pero cuando Ross fue a prepararle otra, ella se apresuró a decir:

—No quiero más, gracias. Lo que sí me tomaría es otra taza de café.

Ross acababa de terminar de servirle otra taza cuando el teléfono que había encima de la mesa de despacho sonó.

—Perdona —se disculpó Ross, y fue a contestar la llamada.

Mientras Ross hablaba en voz baja por teléfono, el gato saltó y se sentó encima de ella. Al borde de las lágrimas, Cathy se consoló con acariciar al animal. El gato se había tumbado boca arriba encima de ella cuando Ross, después de colgar, volvió a la chimenea y se quedó de pie delante de ella.

—¿Cuánto hace que conoces a Onions? —preguntó él frunciendo el ceño.

—Cuando entraba, delante de la puerta del estudio —respondió ella con voz ronca.

—Perdona… no sabía si le estaba permitido entrar aquí, pero…

—No, no es por eso por lo que lo he preguntado, sino porque no suelen gustarle los desconocidos… ni la gente en general. Tolera a la cocinera porque le da de comer, y al resto de los que viven aquí porque no le queda más remedio; pero yo soy el único al que le permite acercarse y acariciarle. Mi ex prometida intentó hacerse su amiga, pero la mordió. Sin embargo, parece que te ha tomado cariño.

—¿Has dicho que se llama Onions?

—Sí.

—No es un nombre corriente para un gato.

–Tiene su explicación. Hace un par de años, iba de camino a Londres y me paré en una gasolinera a tomar un café. Cuando volví al coche, oí un ruido procedente de una caja de cartón que estaba al lado de una papelera; al acercarme, vi que se trataba de una cría de gato. Por los restos que había en la caja, me di cuenta de que había sido utilizada para almacenar cebollas. El gato estaba en muy mal estado y pensé que no iba a sobrevivir, pero una de las camareras del café de la gasolinera me dio leche para el gato y... en fin, aquí está.

Ross sonrió y añadió:

–Marley fue la que se dio cuenta de que algunas de las manchas naranjas del gato se parecían en el color a la piel de una cebolla; eso, unido a que la caja en la que le encontré había guardado cebollas, nos hizo ponerle ese nombre.

Cathy sonrió, olvidando momentáneamente su situación.

–Le sienta bien ese nombre.

Al verla sonreír, Ross apretó los labios y dijo:

–Bueno, si ya te sientes mejor, creo que es hora de que nos pongamos a trabajar.

–Sí, claro. Vamos, Onions...

–Primero, tengo que atender unos asuntos que no tienen nada que ver con la finca –le informó Ross–. Pero tú has dicho que puedes arreglártelas, ¿no? Tienes experiencia en contabilidad, ¿verdad?

–Sí.

–¿Sabes utilizar un ordenador?

–Por supuesto.

–En ese caso, como yo ya he empezado, creo que

podrás seguir sin mí durante una hora aproximadamente.

—Estoy capacitada para trabajar sola permanentemente —le informó ella.

Sin más palabras, Ross echó unos leños más al fuego y, acompañado de Onions, salió del estudio.

Cathy, inmediatamente, se puso a trabajar. Decidida a demostrarle a Ross que en lo referente al trabajo no podría echarle nada en cara, trabajó sin parar hasta que oyó unos golpes en la puerta. Después de dar permiso para entrar, Flora apareció con una bandeja en la que había café, unos sándwiches y fruta.

—El señor Dalgowan me ha pedido que le traiga esto.

Cathy sonrió a la joven.

—Gracias, Flora. ¿Podrías ponerlo encima de la mesa de centro?

Después de colocar la bandeja en la mesa, Flora se despidió y se marchó.

Una vez sentada delante de la chimenea, Cathy se sirvió una taza de café y agarró un sándwich de jamón y ensalada. Estaba delicioso, y se comió el resto antes de pelar una naranja.

Tan pronto como terminó de comer, se fue al piso que su hermano y ella ocupaban para lavarse las manos. Al volver al estudio, vio que la bandeja había desaparecido y que había más leña en el fuego.

Se sentó de nuevo delante del ordenador y continuó trabajando hasta que comenzó a oscurecer. Pero tras encender la lámpara, continuó el trabajo, perdiendo la noción del tiempo.

Se sobresaltó al oír el teléfono.

–¿Sí? –dijo ella tras descolgar el auricular.

–¿Dónde estás? –le preguntó su hermano.

–En el estudio del señor Dalgowan.

–¿Estás trabajando todavía? ¿Tienes idea de la hora que es?

Cathy se miró el reloj y vio que eran las siete menos cuarto. El fuego se había apagado y le dolía la espalda de estar sentada tanto tiempo sin moverse.

–No me había dado cuenta de que fuera tan tarde.

–Verás, se me había olvidado decirte que los sábados por la noche hay fiesta en Beinn Mor después de la jornada de esquí. Así que ve a cambiarte y dentro de un poco iré a recogerte para traerte aquí.

Aunque estaba cansada y le dolía ligeramente la cabeza, sabía que resultaría extraño que no fuera a la fiesta con Carl.

–Está bien, ahora mismo voy a arreglarme.

Después de apagar el ordenador, salió del estudio y fue al piso. Al intentar introducir la llave en la cerradura, vio que la puerta no estaba bien cerrada y que se abrió al empujar.

Carl debía de estar allí. Obviamente, ya había ido a buscarla y estaría esperándola dentro del piso.

–Ya estoy de vuelta. Me daré toda la prisa que pueda –dijo ella en voz alta al entrar.

Pero no obtuvo respuesta y, tras pasar por todas las habitaciones, vio que el piso estaba vacío. ¡Claro! Carl le había mencionado que, a veces, la puerta no cerraba bien. Eso era lo que debía de haber pasado cuando se marchó después de haber ido a lavarse las manos.

Sin embargo, al pensarlo bien, tuvo la certeza de que había dejado la puerta bien cerrada. ¿Podría ser que Carl hubiera estado allí por la tarde antes de llamarla?

No lo creía.

No obstante, todo estaba en su sitio, tal y como ella lo había dejado. Los platos del desayuno, que Carl había dejado sin lavar, seguían allí. Las toallas estaban húmedas y apiladas en el cuarto de baño y ninguna de las camas estaba hecha.

En fin, lo mejor era no preocuparse. Si alguien había entrado, no parecía haber ocurrido nada.

Y tenía que arreglarse rápidamente.

Después de dejar las llaves en su bolso, se preparó un café instantáneo y se lo tomó con dos aspirinas antes de ducharse.

Se puso un vestido de seda en tonos grises y azules con falda vaporosa y escote. El sencillo corte enfatizaba su estrecha cintura y la curva de sus senos, a pesar de que el escote era demasiado bajo para su gusto. No obstante, era la única prenda de vestir que tenía.

Consciente de que iría de puerta a puerta, decidió ponerse unos zapatos de salón en vez de botas. Después, se maquilló, se peinó con un moño y se puso unos pendientes de oro.

Acababa de ponerse una chaqueta de ante cuando Carl apareció en la puerta.

—Estás estupenda —comentó él—. Aunque con esos zapatos voy a tener que llevarte en brazos al coche.

—¿Crees que sería mejor que…? —de repente,

Cathy notó los zapatos de su hermano–. ¡Eh! ¿Y tú?

–Lo de los zapatos era una broma. Además, en caso de necesitarlo, tengo todo tipo de equipo de nieve en el albergue. Vamos, la carroza está delante de la puerta.

Nevaba durante el corto trayecto hasta Beinn Mor. Al llegar al albergue, se encontraron con una ambiente festivo y navideño. Incluso desde fuera se oía música y risas, lo que indicaba que la fiesta estaba en pleno apogeo.

–Es encantador, ¿verdad? –comentó Cathy.

–Espera a Nochebuena. Me han dicho que la fiesta de Nochebuena va a ser en el vestíbulo de Dunbar. Va a venir un grupo de música de Keiltullich a tocar, y de la comida y la decoración se va a encargar una empresa especializada en estas celebraciones. A la fiesta van a asistir, además de todos los de Beinn Mor, los habitantes de las proximidades.

–Será divertido.

–Sin duda –le aseguró él, ayudándola a salir del coche.

Tan pronto como entraron, un Papá Noel se les acercó con un saco lleno de regalos de la buena suerte.

Después de que Cathy y su hermano sacaran cada uno una pequeña caja del saco, dejaron las cajas junto a los abrigos y el bolso de ella en la habitación destinada a esas cosas.

Al volver, Margaret y Janet les vieron y les saludaron agitando las manos.

Las dos mujeres estaban hablando y, cuando Carl empezó a dirigirse hacia ellas, Cathy oyó decir a Margaret:

—Pensé que quizá viniera Lena. La última vez que la vi me dijo que iba a venir a ver a su padre en Navidades... y ya sabes lo que eso significa.

Janet hizo una mueca.

—Sigo con la impresión de que quizá continúe enamorada de Ross...

Entonces, volviéndose a Cathy y a Carl con una sonrisa, Margaret dijo:

—¡Hola! Parece que la fiesta está saliendo muy bien. Todos están animados y Kevin se lo está pasando muy bien haciendo de pinchadiscos.

A través de las puertas abiertas, Cathy vio que habían despejado una zona para dejarla como pista de baile y, al fondo, Kevin estaba seleccionando discos.

Después de charlar un rato, Janet y Margaret les dejaron y Cathy, intentando no pensar en Ross y en su ex novia, miró a su alrededor.

Los invitados, formando grupos, bebían, reían y charlaban animadamente sobre el esquí aquel día. Oyéndoles comparar la nieve y el tiempo de esos días con los de años anteriores, le resultó obvio que pertenecían a una especie de grupo de esquiadores que se reunían todos los años.

A juzgar por la expresión de Carl, se daba cuenta de que ese tipo de charla y la camaradería de los esquiadores eran para él tan importantes como el aire que respiraba y que lo que más quería era formar parte de ese mundo.

Entonces, su hermano se volvió y sugirió:

–¿Qué tal si bailamos?

Consciente de que a su hermano nunca le había gustado demasiado bailar, ella preguntó:

–¿No prefieres charlar con tus compañeros de esquí?

Él sonrió irónicamente.

–Me conoces muy bien. Sin embargo, se vería extraño que no bailásemos ni una sola vez, ¿no te parece?

La alegría de la fiesta era contagiosa, y Cathy se encontró lo suficientemente animada como para contestar:

–En ese caso, vamos allá.

La música era una mezcla de viejas y nuevas canciones y su hermano y ella bailaron un rato. Por fin, Carl sugirió:

–¿Te apetece una copa? Es decir, si logro acercarme al bar.

–Si lo consigues, tráeme una copa de vino blanco. Ah, y no te des mucha prisa en volver, charla con tus amigos si quieres. Estoy bien.

–¿Seguro?

–Seguro.

Carl le lanzó una mirada de agradecimiento y desapareció entre los invitados.

Ella se quedó escuchando la música un rato; después, decidida a no echar raíces donde estaba, decidió ir a la otra habitación y sentarse delante de la chimenea.

Había dado un par de pasos cuando un hombre alto y corpulento de cabello castaño y rostro agradable apareció a su lado.

—Buenas tardes, Cathy —dijo él tímidamente y sonriendo.

Al reconocer a Robert Munro, el gerente de la finca Dunbar, Cathy sonrió.

—Hola, ¿qué tal?

—Acabo de hablar con tu marido y me ha dicho que te había abandonado temporalmente. Como todavía no conoces a nadie muy bien, pensé que quizá te sintieras sola y… En fin, ¿quieres bailar?

—Sí, me encantaría —respondió Cathy, ya que Robert Munro le caía muy bien.

—¿Te importaría esperar unos segundos a ver qué canción sigue a ésta?

—No, claro que no.

La siguiente canción resultó ser una de las favoritas de Cathy; pero su acompañante, algo avergonzado, confesó:

—Me temo que bailar no se me da muy bien.

—No te preocupes, a mí tampoco —dijo ella rápidamente al tiempo que aceptaba su mano para ir a la pista de baile.

En ese instante, Cathy vio a Ross, increíblemente guapo con su traje de vestir. Los ojos de Ross estaban fijos en ellos.

Su acompañante no parecía haberse dado cuenta de la fría mirada de Ross y ella hizo lo posible por ignorarla. Al cabo de unos segundos, Robert pareció hacerse con el ritmo de la música y bailó con cierta gracia.

—¡Lo ves! Lo estás haciendo muy bien —le dijo Cathy.

Continuaron bailando y Cathy empezó a divertirse de veras. Robert era una persona agradable y fácil de tratar, y a ella le pareció que podía seguir bailando con él toda la noche.

—El próximo número es un vals —anunció Kevin por el micrófono.

Se trataba de un vals moderno. Cathy y Robert habían dado los primeros pasos cuando un hombre tocó el hombro de Robert.

Tras ceder a su pareja con una inclinación de cabeza, Robert salió de la pista de baile y Cathy se encontró frente a un hombre al que nunca había visto.

Capítulo 5

LO PRIMERO que Cathy sintió fue alivio. Por un instante, había temido que fuera Ross. Pero ese hombre no se parecía a Ross en nada.

Debía de tener treinta y tantos años, era alto y fornido, de un guapo llamativo, con cabello oscuro ondulado y ojos azules.

La apretaba demasiado y olía a whisky.

—¡Por fin! —exclamó él con acento londinense—. Llevaba tiempo esperando a tener la oportunidad de conocerte.

Cathy no respondió. Tras un momento, él continuó:

—No recuerdo haberte visto antes. Y con una cara y un cuerpo como el tuyo, me acordaría si te hubiera visto.

Como ella permaneció en silencio y altiva, él insistió:

—Me llamo Nigel Cunningham. ¿Y tú?

—Cathy —respondió ella con desgana.

—¿Con qué grupo vienes, Cathy?

—No estoy con ningún grupo. Trabajo aquí.

—¿En serio? ¿En qué trabajas?

—Hago trabajo de oficina.

—¿Haciendo qué? ¿Teniendo contento al jefe?

–Delante de un ordenador.

–¿Una chica tan guapa como tú? ¡Qué desperdicio!

Él hablaba con voz ligeramente pastosa, y Cathy se dio cuenta de que había bebido demasiado.

Entonces, estrechándola contra sí en la pista de baile, Nigel Cunningham deslizó una mano por la espalda de ella hasta cubrirle una nalga.

Como no cabía duda de que era un cliente, Cathy reprimió el deseo de darle una bofetada y, apretando los dientes, dijo:

–¿Le importaría quitarme la mano de ahí?

Tras darle un apretón en la nalga, él preguntó:

–¿Por qué tan distante?

–Señor Cunningham, por favor, haga lo que le he dicho.

–Vamos, estamos de fiesta.

Como no quería hacer una escena, Cathy dejó de bailar y dijo en voz baja e irritada:

–Se lo digo por última vez, suélteme.

–No hablas en serio.

–Desde luego que sí.

–Tranquilízate, encanto…

Viendo que era inútil tratar de razonar con él, Cathy se apartó de ese hombre, salió de la pista de baile y se dirigió hacia la puerta. Pero un grupo la estaba bloqueando y, cambiando de idea, se dirigió hacia la puerta de la sala que daba a un porche acristalado.

En el porche había mesas y sillas y, espaciados a intervalos, había estufas de exterior. Por suerte, no había nadie en el porche, estaba sola.

Cathy lanzó un suspiro de alivio. A través del cristal, contempló las nevadas colinas y, más allá, las montañas... y la nieve, que continuaba cayendo.

De repente, un brazo le rodeó la cintura y una odiosa voz le dijo al oído:

—Haciéndote la dura, ¿eh? Vamos, cielo, relájate...

—¡Suélteme!

Cathy intentó zafarse de Cunningham, pero él la agarró con fuerza, impidiéndoselo, mientras murmuraba con voz espesa:

—Eres la mujer más guapa que he visto nunca y quiero que seas buena conmigo...

Entonces la besó con labios calientes, húmedos y oliendo a whisky; entre tanto, las manos de ese hombre le recorrían el cuerpo entero.

—Maldito sea, suélteme...

Al instante siguiente, Cathy se vio libre bruscamente, cuando alguien apartó a su admirador.

Temblando, Cathy se pasó la mano por la boca y, de repente, se encontró mirando al encolerizado rostro de Ross Dalgowan.

Teniendo en cuenta su estado de embriaguez, Nigel Cunningham se recuperó con sorprendente rapidez. Furioso, dijo en tono beligerante:

—¿Con quién demonios crees que estás hablando?

—Contigo —respondió Ross—. Y ahora, vete de aquí antes de que te rompa la cara.

Avanzando un paso agresivamente, Cunningham contestó:

—¡Vamos, a ver si te atreves!

Y tras esas palabras, Cunningham lanzó un puñetazo a Ross. Pero éste, con facilidad, lo esquivó. Entonces, impulsado por la fuerza de su propio ímpetu, Cunningham cayó hacia delante y acabó en el suelo del porche. Después, tras ponerse en pie con un esfuerzo, se lanzó contra su adversario. Pero, al instante siguiente, Ross, con una mano, le empujó contra la pared.

Con la cabeza algo más despejada, aunque aún no dispuesto a admitir su derrota, Cunningham dijo con un bufido:

—¡Eh, no sé a qué viene tanto alboroto! ¿Qué tiene de malo un beso? Además, hay ramas de muérdago por todas partes.

—Sabe perfectamente que ése no ha sido un beso de Navidad bajo el muérdago —dijo Ross con voz gélida.

—¿Y qué si no? Esa mujer es una tentación, es normal que cualquier hombre quiera probar suerte con ella.

—¿Es eso lo que estaba haciendo, «probar su suerte»?

—¿Y qué? ¿A ti qué te importa? —entonces, los ojos de Cunningham se iluminaron—. ¡Ah, ya entiendo, a ti también te gusta y estás celoso!

Ross ignoró esas palabras.

—Quizá la señora no le haya dicho que trabaja aquí.

—¿Y qué si trabaja aquí? Me ha dicho que hace trabajo de oficina, así que no está trabajando ahora.

—Que en estos momentos no esté trabajando no tiene ninguna importancia. En Beinn Mor no se permite que los empleados intimen con los clientes. Así que déjela en paz.

–¡Al demonio con las reglas! –gritó Cunningham–. Además, el año pasado no hubo problema con eso, y yo he pagado un buen dinero para volver aquí y divertirme. Ni se te ocurra que puedes darme órdenes. Además, ¿quién demonios crees que eres?

–Me llamo Dalgowan y soy el propietario de la finca Dunbar, incluido el albergue de esquí. Así que será mejor que haga lo que le he dicho y que deje en paz a la señora Richardson. De lo contrario...

–¿La señora Richardson?

–Sí, claro que sí. Aunque supongo que eso no tiene ninguna importancia para un hombre como usted.

–Ella no me ha dicho que estuviera casada –protestó Cunningham.

Ross agarró la mano izquierda de Cathy y la alzó.

–Por el amor de Dios, ¿es que no ve...? –pero se interrumpió bruscamente y sus labios se cerraron con firmeza.

Cathy le siguió la mirada y, con horror, se miró la mano desnuda. El anillo de su madre había desaparecido.

Bajándole la mano, Ross se volvió a Cunningham y dijo con frialdad:

–Debido a que la señora Richardson no lleva su anillo de casada, acepto que lo que ha ocurrido puede que no sea del todo culpa suya. Sin embargo, deje que le dé un consejo: si quiere disfrutar del resto de su estancia aquí, será mejor que se mantenga alejado de ella. De lo contrario...

Ross no acabó la frase, pero Cunningham, comprendiendo la amenaza, se dio media vuelta y se alejó.

Entonces, Ross se volvió hacia ella y, con voz baja y furiosa, dijo:

—A pesar de que te advertí que no coquetearas con los clientes, voy y te encuentro besando a uno.

Temblando, en parte por el frío y también por la tensión, ella respondió:

—Yo no le he besado. Me ha besado él a mí.

—¿Sí?

—Es la verdad.

Ross arqueó las cejas.

—¿Me estás pidiendo que crea que te ha forzado?

—Te estoy pidiendo que creas que no he podido hacer nada por evitarlo.

—No te hagas la inocente conmigo. Os he visto bailar juntos antes de que vinieras aquí.

—En ese caso, has debido de ver también que he venido aquí sola. Él me ha seguido.

—Sí, claro. Dadas las circunstancias, supongo que creíste que sería la mejor estrategia.

—No es verdad —dijo ella acaloradamente—. Me ha parecido un hombre odioso y estaba intentando zafarme de él.

—Te creería de no haberos visto bailando juntos. Cuando él empezó a tomarse confianzas, tú no hiciste nada por impedírselo.

—¡Te equivocas! Intenté pararle los pies, pero no me hizo caso.

—No me ha parecido que te esforzases mucho.

—¿Qué querías que hiciera, que le diera una bofetada en medio de la pista de baile? Como suponía que es un cliente, no quería hacer una escena.

–Si te creyera, aplaudiría tu noble gesto. Pero como me ha parecido que estabas disfrutando con sus atenciones…

–¡Estás muy equivocado! –exclamó ella encolerizada–. ¿Cómo puedes pensar que disfrutaba siendo la diana de un donjuán borracho?

–Debo felicitarte, eres una actriz consumada. Si no supiera la clase de mujer que eres, me habrías convencido.

–Tú no sabes qué clase de mujer soy.

–Me parece que sí –respondió él con desdén–. Sólo un cierto tipo de mujer ocultaría que es una recién casada y se metería en la cama con un hombre al que acaba de conocer. Un hombre que no significaba nada para ella, a excepción de un entretenimiento pasajero. La clase de mujer que, a pesar de haber sido advertida, anima a un sinvergüenza como Cunningham…

–¡Yo no he hecho eso! –gritó ella–. ¡Va, qué más da! Jamás lograré convencerte de lo contrario.

–Puedes intentarlo…

–Me estoy quedando fría.

–En ese caso, vamos a algún sitio más cálido.

–No quiero ir contigo a ninguna parte.

Cathy se volvió hacia la puerta, pero él le agarró el brazo.

–¿Por qué no me dejas en paz? –dijo ella con enfado–. Estoy harta.

–Si crees que…

Pero Ross se interrumpió al ver que una pareja

había aparecido en el umbral de la puerta y que los miraban con curiosidad.

Cathy aprovechó la oportunidad y, zafándose de él, salió del porche.

Estaba alejándose siguiendo el perímetro de la sala cuando unas manos le agarraron los brazos y la llevaron a la pista de baile. Después, haciéndola girar, Ross comenzó a moverse al ritmo de la música, no dejándola otra alternativa que no fuera seguirle.

Cuando la canción terminó, Kevin anunció:

—Damas y caballeros, las siguientes canciones son, sobre todo, para los enamorados.

Las luces disminuyeron en intensidad y, al cabo de unos segundos, una suave y romántica melodía les envolvió.

Ross, atrayéndola hacia sí, comenzó a bailar. Ella le siguió.

Aunque era una mujer alta, Ross era mucho más alto que ella; la cabeza le llegaba a la barbilla de él.

Ross bailaba bien y, al cabo de un rato, mientras Ross le pasaba la mano por la espalda, Cathy se relajó.

—¿Tan poco aprecias tu matrimonio? —le dijo Ross de repente, poniéndola tensa una vez más—. ¿Por qué, con una marido como Carl, necesitas incitar a todos los hombres con los que te encuentras?

—Ya te lo he dicho, yo no he incitado a Nigel Cunningham.

—¿De la misma manera que no me has incitado a mí nunca? —dijo Ross con expresión burlona—. De todos modos, no estaba hablando de Cunningham, sino de Robert Munro. No me digas que no estabas coqueteando con él, os he visto. Era evidente que él no quería bailar, pero tú le agarraste de la mano y le arrastraste a la pista de baile. Y no lo niegues.

De repente, Cathy pensó que Ross se estaba comportando como un amante celoso. No obstante, sabía que lo único que Ross sentía por ella era enfado y desdén.

Después de respirar profundamente, Cathy intentó explicar:

—Robert es un hombre encantador y me cae muy bien. Pero, aunque le gusta bailar, carece de confianza en sí mismo. Cuando le agarré la mano, lo hice para animarle a bailar, nada más. Pregúntaselo a él, si no me crees.

—¿Cómo puedo creer a una mujer que se quita el anillo de casada con el fin de…?

—¡No me lo he quitado! —exclamó Cathy con voz ronca—. Lo llevaba puesto cuando Carl y yo salimos para venir a la fiesta. Debo de haberlo perdido por el camino.

—No te creo —dijo Ross.

—Es la verdad —insistió ella.

—En fin, no creo que signifique mucho para ti —comentó Ross con voz desdeñosa.

—¡Te equivocas! Significa mucho para mí. Mucho más de lo que puedas imaginar.

—No te molestes en mentir —dijo Ross con voz cansada—. Si significara tanto para ti, dejarías de comportarte como una cualquiera y…

Ross se interrumpió en el momento en que la canción llegó a su fin. En ese mismo momento, un hombre apareció al lado de Ross y le dijo:

–Perdone, señor Dalgowan, pero si dispone de un momento… El hombre que lleva las clases de orientación en la montaña querría hablar con usted.

En el momento en que Ross la soltó, Cathy se disculpó y se alejó a toda prisa.

Al llegar al vestíbulo, Cathy miró a su alrededor, pero no logró ver ni a Carl ni a nadie que conociera. La situación se estaba poniendo difícil y, consciente de que sería inútil ponerse a buscar el anillo por allí y sintiéndose agotada de repente, lo único que le quedaba por hacer era ir a por su abrigo y marcharse.

Pero antes debía encontrar a Carl o a alguien conocido para que le diera el mensaje.

En ese momento, Cathy vio a Janet cerca del bar y, con alguna dificultad, logró acercársele.

Janet le saludó con una cálida sonrisa y, después de presentarle a la pareja con la que estaba, le dijo:

–Si estás buscando a Carl, está en el cuarto de estar que da al sur con un grupo, están haciendo los preparativos para pasar una noche a la intemperie antes de la Navidad.

–No es necesario que le vea, no quiero molestarle –dijo Cathy apresuradamente–. Pero sí te agradecería que, cuando le veas, le digas que me ha ido a casa.

–¿Por qué tan pronto? –preguntó Janet–. Aún no hemos cenado. Estas fiestas suelen durar hasta la medianoche. ¿Por qué no te quedas a cenar con nosotros?

–Gracias, pero prefiero marcharme. Estoy muy cansada y necesito acostarme.

—Bien, si es así…

—Sí, así es.

—Pero ¿cómo vas a volver? —preguntó Janet preocupada—. Hay casi un kilómetro y medio hasta Dunbar por la carretera principal. Es un trayecto muy largo para hacerlo andando con este tiempo.

—No te preocupes. Carl me ha dicho que tiene aquí su equipo de invierno y él conoce un atajo, así que yo me llevaré el coche.

—¿Tienes las llaves?

—Sí, las tengo en el bolsillo de mi abrigo. Ah, y cuando le veas, dile que tengo mis llaves, así que no hace falta que se preocupe, que vuelva cuando quiera.

—Se lo diré. Y ten cuidado con la carretera porque no ha dejado de nevar, no vayas rápido.

—No, claro que no. Conduciré con cuidado.

Janet le sonrió.

—Espero que descanses. Margaret estaba preocupada porque, como todos nosotros trabajamos los sábados, Ross esperaba que tú hicieras lo mismo.

—Por favor, dile que no se preocupe. Es lógico que yo trabaje las mismas horas que los demás.

Tan pronto como se despidieron, Cathy fue rápidamente a por su abrigo.

Después de ponerse el abrigo y agarrar el bolso, metió la mano en el bolsillo de la chaqueta de Carl para tomar las llaves; encontró los guantes de su hermano, pero no las llaves. Debía de habérselas metido en uno de los bolsillos del pantalón.

Pero si iba a buscarle, se arriesgaría a tropezarse de nuevo con Ross, lo que por nada del mundo quería.

Eso le dejaba una única alternativa: ir andando.

Una vez fuera, se subió la capucha del abrigo y, bajando la cabeza, comenzó a alejarse de Beinn Mor por la carretera.

Como bien sabía, ni la ropa ni el calzado que llevaba eran los adecuados para ese tiempo y pronto sintió los pies casi congelados.

Después de recorrer lo que le pareció kilómetros y kilómetros, aunque apenas había caminado un kilómetro, se desvió ligeramente del camino, tropezó con un obstáculo oculto por la nieve y se cayó.

Después de ponerse en pie con dificultad, agotada, congelada y algo mareada, le resultó prácticamente imposible seguir sin tropezarse. Se cayó varias veces y tuvo que vencer la tentación de tumbarse en la nieve y quedarse dormida.

Por fin, vio los faros de un coche, a su espalda, acercándose.

Un inmenso alivio la invadió. Sin duda, Janet le había dado el mensaje a Carl y éste, al darse cuenta de que era él quien tenía las llaves del coche, debía de haber salido a buscarla para llevarla a casa.

Cegada por los faros, Cathy se echó a un lado mientras el coche se detenía y Carl salía…

No, no era Carl.

—¿Qué demonios estás haciendo? —le preguntó Ross con furia—. ¿Es que no tienes sentido común? Esto no es Londres.

Metiéndola sin ceremonias en el Range Rover, le quitó el empapado abrigo y le puso su anorak. Después, puso en marcha el coche de nuevo.

—Menos mal que Janet ha visto que el coche de

Carl aún estaba allí. Como no ha podido localizar a Carl, ha venido a buscarme a mí y me ha dicho lo que habías hecho.

Carl lanzó un irritado suspiro y añadió:

—¡Maldita mujer! ¿Tienes idea del riesgo al que te has expuesto?

—Creía que si seguía la carretera...

Ross, ignorando lo que ella iba a decir, continuó:

—Podías haberte torcido un tobillo, podías haberte perdido o haber perdido el conocimiento debido a las bajas temperaturas, y habrías estado muerta antes de que pudiéramos encontrarte...

—No comprendo por qué estás tan enfadado —dijo ella irritada—. Ya que tienes tan mala opinión de mí, ¿qué te importa lo que pueda pasarme?

—No me importa —dijo él brutalmente—. Pero que muera aquí alguien justo antes de Navidad es malo para las fiestas y malo para el esquí.

—Lo siento —susurró ella.

Ross volvió a ignorarla.

—Además, no es la clase de publicidad que queremos en Beinn Mor. Aunque supongo que eso no puede importarle a alguien como tú.

El desprecio en la voz de Ross hizo que las lágrimas afloraran a sus ojos y volvió el rostro hacia la ventanilla.

Ross, quizá notando que estaba llorando, se calló.

Pronto y en silencio, llegaron a las puertas de Dunbar.

Capítulo 6

CON DETERMINACIÓN, Ross apagó el motor del vehículo, se bajó y fue a ayudarla a salir.

Debido al frío y a la angustia, Cathy estaba temblando de pies a cabeza mientras las lágrimas seguían resbalando por sus mejillas.

Con los pies tan dormidos que no podía sentirlos, se bajó del coche y se habría caído de no ser porque Ross la sujetó.

Con la mano libre, Ross abrió la puerta; después, la levantó en sus brazos, la llevó adentro y cerró la puerta con el pie.

Cathy abrió la boca para decirle que tenía las llaves en el bolso, pero Ross pasó de largo por la puerta de su piso, cruzó el vestíbulo principal, subió por una preciosa escalera curva y se detuvo delante de una hermosa puerta de madera tallada. Entonces, abrió la puerta y la llevó a lo que parecía su suite privada.

El cuarto de estar estaba amueblado con sumo gusto: mobiliario antiguo, alfombra de lana y sillones delante de una chimenea encendida.

El dormitorio era grande y los muebles eran de época. La cama tenía dosel.

—¿Por qué me has traído aquí? —preguntó ella por fin.

Sin molestarse en responder, Ross se acercó a la puerta de su baño privado y entró con ella en los brazos. Por fin, la dejó en el suelo, aunque seguía sujetándola, le quitó el bolso y la ayudó a quitarse el anorak.

A continuación, Ross se dispuso a quitarle el resto de la ropa; pero ella, con voz ronca, le preguntó:

—¿Qué haces?

—Evitar que sufras hipotermia.

—Puedo desnudarme yo sola, no necesito tu ayuda —respondió ella presa del pánico.

—Vamos a ver… —Ross la soltó y retrocedió un paso.

Sin el apoyo de Ross, las piernas le flaquearon y tuvo que agarrarse al lavabo para no caerse. Entonces, al ver su imagen reflejada en el espejo, se dio cuenta de su mal estado. Tenía la ropa pegada al cuerpo, las pupilas dilatadas, las mejillas con surcos por las lágrimas y el moño deshecho.

—¿Y bien? —preguntó él con impaciencia.

Consciente de que Ross no se marcharía sin asegurarse de que podía valerse por sí misma, Cathy se agachó para quitarse un empapado zapato; pero, al agacharse, la cabeza le dio vueltas y se tambaleó.

Lanzando un juramento, Ross la sujetó, la levantó, le quitó los zapatos y después el vestido. Cuando la dejó en ropa interior, ella protestó.

—No seas tonta —dijo él con voz tajante—. Ya te he visto desnuda.

–Eso era diferente –murmuró Cathy.

–¿Por qué? Si lo que pasa es que tienes miedo de que al verte desnuda no sea capaz de controlarme, tranquilízate. Te aseguro que estás completamente a salvo conmigo.

El tono de voz de Ross la dejó muy claro que no quería tocarla. Mortificada, ella dijo con patética dignidad:

–No quiero tu ayuda. Quiero que me dejes sola...

Pero Ross, perdiendo la paciencia, la interrumpió:

–Por el amor de Dios, deja de comportarte como una idiota. Vamos a quitarte esa ropa cuanto antes y a meterte en la ducha.

Acto seguido, Ross le quitó la ropa interior. Después, abrió el grifo de la ducha y ajustó la temperatura.

–Vamos, métete y sujétate a la barra. Y quédate ahí hasta que yo te diga.

Obedeciendo, Cathy cerró los ojos y dejó que el agua caliente hiciera su efecto. Por fin, dejó de temblar y sus pies cobraron vida.

Tan pronto como alargó una mano para cerrar el grifo, la puerta de la ducha se abrió.

–¿Mejor?

Sin esperar respuesta, Ross, con una toalla de baño en la mano, la envolvió.

Completamente falta de energía, Cathy se quedó quieta como una niña cansada mientras él la secaba con manos firmes, pero con actitud impersonal.

Ya seca y cubierta con un albornoz enorme, se dejó llevar al cuarto de estar. Allí, Ross la hizo sentarse delante de la chimenea.

Cuando Ross se alejó, Onions apareció y, saltando, se sentó en su regazo.

Cuando Ross volvió, le dio una copa de coñac.

—Bebe.

—No me gusta el coñac —protestó ella débilmente.

—Eso da igual. Bébetelo, te hará bien.

Cathy bebió un sorbo y dijo con voz temblorosa:

—No soporto a los hombres autoritarios.

Ross se echó a reír.

—Me alegro de que no hayas perdido el espíritu de lucha —dijo Ross—. A propósito, mientras estabas en la ducha, he llamado a Beinn Mor para decirles que estás bien. Todos estaban preocupados.

—Gracias.

Consciente de que Ross, posiblemente, le había salvado la vida, Cathy añadió:

—Has sido muy amable al dejar la fiesta para ir a buscarme. Te estoy realmente agradecida.

—¿Quiere eso decir que, para mostrarme tu agradecimiento, estás dispuesta a acostarte conmigo?

—¡No!

—Una pena. Aunque, por supuesto, no habría aceptado. Tus encantos físicos me resultan menos atractivos desde que descubrí la clase de mujer que eres.

Dejando la copa en la mesa con un golpe, Cathy puso a Onions en el suelo y se levantó.

—¿Te vas ya? —preguntó Ross en tono burlón.

–Carl se va a preocupar si vuelve y ve que no estoy en casa.

–Si Carl supiera la clase de mujer que eres, te buscaría en la cama del hombre más próximo.

Furiosa y desesperada por salir de allí, Cathy se apresuró hacia la puerta con Onions siguiéndole los talones.

Pero Ross se le adelantó y, con una reverencia, abrió la puerta para que pasara.

–Te acompañaré hasta el piso.

Cathy iba a protestar, pero al ver la expresión de Ross, cambió de opinión y le permitió acompañarla.

Al llegar a la puerta del piso, de repente, Cathy se dio cuenta de que la llave estaba en el bolso y que se había dejado el bolso en el baño de Ross. Súbitamente, le entraron ganas de llorar.

Como si le hubiera leído el pensamiento, Ross dijo:

–No te preocupes, me encargaré de borrar las huellas. Y, además, tengo una llave maestra.

Ross abrió la puerta y la hizo entrar. Onions, que les había acompañado sin que ellos lo notaran, cruzó el umbral de la puerta y corrió hacia el interior del piso.

–Antes de acostarte, deberías comer algo –sugirió Ross.

–Está bien, lo haré –contestó ella, aunque no tenía hambre.

–Entonces, buenas noches. Que duermas bien –tras esas palabras, Ross se dio media vuelta y se alejó.

Cathy, contenta de que Carl no hubiera vuelto y

evitando así las explicaciones, fue directamente a su dormitorio seguida del gato.

Cuando se despertó a la mañana siguiente, Onions estaba en la cama acurrucado a su lado y con los ojos firmemente cerrados.

A juzgar por la luz, a Cathy le pareció que debía ser aún temprano y sintió la tentación de darse media vuelta y volverse a dormir. Pero al mirar el despertador vio que eran las diez menos cuarto.

El piso estaba en silencio, Carl debía de haberse marchado ya. Ella también tenía que ir a trabajar e inmediatamente.

Saltó de la cama y fue entonces cuando oyó el ruido de una puerta al cerrarse quedamente. ¿Carl? ¿Cómo se iba tan tarde a trabajar?

Cathy se puso la bata y salió de la habitación, pero no había nadie en el piso. Debía de haber sido Carl, no había otra explicación.

Contenta de sentirse mucho mejor, fue a ducharse. Después, se puso una falda de lana y un jersey con botones color crema. Se recogió el pelo en un moño, se maquilló y fue a la cocina a prepararse un café.

Allí, vio que Carl había fregado los cacharros del desayuno y que le había dejado una nota al lado de la cafetera. La nota decía:

Me he marchado muy temprano y, por eso, no he querido despertarte. Kevin y yo vamos a salir con un pequeño grupo para hacer un curso de supervi-

vencia, así que voy a pasar la noche fuera. Volveremos mañana a primera hora de la tarde. Espero que estés bien después de lo de anoche. ¡En serio, hermanita, creía que tenías más sentido común!

Mientras se preparaba un café instantáneo pensó, preocupada, que si Carl se había marchado temprano, no era posible que hubiera oído la puerta cerrándose.

Mientras bebía el café, Onions se le acercó y se frotó contra sus piernas. Ella le acarició y le dio un cuenco con leche. Sin embargo, ignorando la leche con desdén, Onions se acercó a la puerta del piso.

Cathy iba a abrir para marcharse acompañada del gato cuando se dio cuenta de que tenía las llaves en el bolso y el bolso estaba con Ross. Entonces, tras decidir que lo mejor era no correr riesgos, dejó la puerta sin cerrar bien y, acompañada de Onions, fue al estudio.

Cuando llegaron al vestíbulo principal, el gato la abandonó y se dirigió a la cocina. Ella, por su parte, entró en el estudio y se encontró con la chimenea encendida, pero no había nadie allí.

Sintiéndose culpable por llegar tan tarde, se dijo a sí misma que era hora de ponerse a trabajar; sin embargo, antes debía telefonear a Beinn Mor para preguntar si alguien había visto su anillo.

Además de las llaves, en el bolso estaba su teléfono móvil, por lo que tuvo que utilizar el teléfono que había en el escritorio.

Margaret respondió la llamada y, al oír su voz, exclamó:

–¡No sabes el alivio que sentimos cuando Ross nos dijo que estabas a salvo! ¿Cómo te encuentras?

–Muy bien, gracias a Janet y a Ross.

–¿Vas a pasar el día en la cama? –le preguntó Margaret, que no parecía convencida de que estuviera bien.

–No, claro que no. Estoy perfectamente y lista para ponerme a trabajar. Pero antes... quería preguntaros una cosa.

Después de explicarle a Margaret que había perdido el anillo, ésta le dijo con preocupación:

–Nadie ha mencionado ver un anillo. ¿Tienes idea de dónde lo has podido perder?

–No. Lo único que puedo decir es que lo llevaba cuando Carl y yo salimos de la casa para ir a la fiesta.

–Lo siento. Pediré que lo busquen.

–Siento causar tantos problemas.

–No es ningún problema. Esperemos que alguien lo encuentre.

–Gracias.

–Y trata de no preocuparte. En el momento en que sepa algo, te llamaré.

Con esa nota de optimismo, Cathy colgó y suspiró. Después, se puso a trabajar.

Trabajó sin parar durante todo el día, sólo hizo una pausa para tomar unos sándwiches y un café que le llevaron al estudio. El problema fue que, después de ir al piso para lavarse las manos tras el almuerzo, al salir cerró la puerta sin pensar. Lo que significaba que tenía que encontrar a Ross más tarde para que le devolviera el bolso.

Eran casi las siete cuando Cathy acabó de guardar en el ordenador el trabajo del día y, de repente, la puerta se abrió.

Al ver a Ross, deportivamente elegante con unos pantalones bien cortados y un polo negro, el pulso se le aceleró.

Ross se acercó al escritorio y preguntó con fría educación:

—¿Cómo te encuentras?

—Estoy bien, gracias.

—¿Ninguna secuela?

Ella negó con la cabeza.

—No, ninguna. De nuevo, te agradezco lo que hiciste. Creo que me salvaste la vida.

—Una declaración peligrosa.

Ella le miró sin comprender y él sonrió traviesamente.

—Según una creencia oriental, si alguien salva la vida a una persona, la vida de la persona a quien salva le pertenece.

—En ese caso, no me preocuparé ya que mi vida no te interesa —respondió ella en tono ligero.

—¿Y si estuvieras equivocada y sí me interesases?

La expresión de él era inescrutable, pero Cathy se dio cuenta de que algo había cambiado en la forma como la miraba y le hablaba. Veía en él una especie de contenida excitación.

Cathy decidió ignorar sus palabras y, tras apagar el ordenador, se puso en pie.

—Si me disculpas, me gustaría ir ya al piso.

Sin moverse, cerrándola el paso, Ross le dijo:

—Tengo una idea mejor. Como Carl no está esta noche, vamos a cenar juntos.

–Gracias, pero quiero retirarme pronto a descansar.

Ross, impasible, observó:

–Tienes que cenar antes de acostarte.

–Me prepararé algo rápido.

Ross negó con la cabeza.

–Prefiero que cenes conmigo.

–Lo diré más claramente: no quiero cenar contigo.

–Lo diré más claramente: no es una sugerencia, sino una orden.

–No puedes darme órdenes fuera del trabajo –respondió ella con indignación.

–¿Quieres apostar? No olvides que, ahora, tu vida me pertenece.

–Eso es una tontería.

–No estés tan segura.

–Teniendo la opinión que tienes de mí, no comprendo por qué quieres que cene contigo. A menos que sea para torturarme, claro.

Ross se echó a reír, sus blancos dientes relucientes.

–Qué lista, lo has adivinado. Pero eso es sólo parte del entretenimiento de la velada.

–¿Y el resto?

–Lo descubrirás a su debido tiempo.

–No, me voy al piso –dijo ella con firmeza.

–¿Y cómo vas a entrar? –preguntó él con fingida inocencia.

Con un sobresalto, Cathy se acordó de su bolso.

Ross sonrió.

–¿No crees que ha llegado la hora de admitir tu derrota?

—Al parecer, no tengo otra alternativa —concedió ella—. Tú ganas.

—Una mujer con sentido —declaró Ross—. Entonces, ¿te parece que subamos?

—¿Subir?

—Sí, a mi suite.

—¿Es que no podemos cenar aquí?

—Suelo cenar arriba, delante de la chimenea, a menos que tenga invitados. Pero como vamos a ser los dos solos…

—Prefiero cenar en el comedor principal.

—Me temo que no va a ser posible. Es el día de descanso de la cocinera.

—Aunque así sea, ¿qué tiene eso que ver con dónde vamos a cenar?

—Tiene mucho que ver. Soy yo quien va a cocinar.

—¿Tienes una cocina en tu suite?

—Has acertado.

Tratando de hacer tiempo, Cathy dijo:

—Teniendo toda la casa, no comprendo por qué tienes una suite que más parece un piso.

—Te lo explicaré mientras nos tomamos una copa antes de la cena.

Cathy continuó titubeando y, al verlo, Carl se apresuró a añadir:

—Aunque decidieras no quedarte, tienes que subir a por el bolso.

Con el «aunque decidieras no quedarte», Ross parecía estarle ofreciendo una alternativa. En cualquier caso, tenía que ir a por el bolso por lo que cedió a lo inevitable.

Cuando llegaron a la puerta de la suite de Ross,

él la abrió y le cedió el paso. En el cuarto de estar, Ross le indicó uno de los sillones.

—Siéntate, por favor.

Cathy se sentó en el borde de uno de los sillones, todo su cuerpo estaba cargado de tensión.

—¿Qué te apetece beber?

Al ver la sonrisa burlona de él y consciente de que Ross había notado lo nerviosa que estaba, Cathy se acomodó en el sillón y se obligó a relajarse.

—Un jerez, gracias.

Ross sirvió dos copas de jerez y luego ocupó el sillón enfrente del de ella. Entonces, se quedó mirándola.

Nerviosa, Cathy se humedeció los labios antes de romper el silencio.

—¿No ibas a decirme por qué ocupaste esta suite?

—Ah, sí, es verdad —respondió Ross con un brillo burlón en los ojos—. La noche que nos conocimos, creo recordar que te dije que mis padres se separaron y que mi madre se fue a vivir a Londres, ¿no?

—Sí.

—Al año del divorcio, para sorpresa de todos, mi padre volvió a casarse. Como mi madrastra y yo no nos soportábamos, le dije a mi padre que quería irme a Londres a vivir con mi madre. A él no le gustaba nada la idea y había accedido a divorciarse de mi madre bajo condición de que mi hermana y yo nos quedáramos con él en Escocia. Cuando se dio cuenta de que yo no iba a ceder, debido a que mi madrastra y yo no nos podíamos ver, sugirió que ocupara la suite que, anteriormente, había ocupado mi abuela.

Ross bebió un sorbo de jerez antes de continuar:

–Me gustaba la intimidad que me proporcionaba y el lujo de tener mi propio espacio; por eso, cuando heredé la casa y la finca, decidí conservar la suite para mi uso personal.

Ross se calló y, durante un rato, Cathy se limitó a beber jerez y a evitar mirarle, clavando los ojos fijamente en el fuego.

Pero, demasiado consciente de que él la observaba y sintiendo la tensión sexual, trató de pensar en algo que decir…

Sin lograrlo.

–Debes de tener hambre –dijo él por fin, interrumpiendo el silencio, al tiempo que se ponía en pie–. Voy a preparar la cena.

–¿Quieres que te ayude?

Ross sacudió la cabeza.

–No, está todo listo más o menos. Lo único que tú tienes que hacer es comer.

–Siempre y cuando no me envenenes…

Y Cathy se estremeció cuando, con voz aterciopelada, Ross le contestó:

–Tengo planes en lo que a ti respecta, pero te aseguro que el veneno no entra dentro de esos planes.

Capítulo 7

CUANDO Ross se marchó a la cocina, Cathy miró a la puerta, considerando la posibilidad de irse. Pero no podía hacerlo sin las llaves, tenía que encontrar el bolso.

Poniéndose en pie sigilosamente, se dispuso a buscarlo.

Delante de una estantería, vio una foto enmarcada en plata que llamó su atención. Era de una encantadora mujer rubia y bonita sonrisa, una mujer que ya no era joven.

Algo en el rostro de la mujer le resultó familiar, como si la hubiera visto antes en alguna parte. Pero incapaz de recordar, continuó su búsqueda.

No pudo ver el bolso en ninguna parte del cuarto de estar; por lo tanto, respirando profundamente, se dirigió a la habitación y al cuarto de baño. En el cuarto de baño no estaba, por lo que volvió al dormitorio… y encontró a Ross en el umbral de la puerta, observándola.

—¿Estás buscando algo?

Cathy tragó saliva.

—Mi bolso.

—Si me lo hubieras preguntado, te habría dicho dónde está.

—Por favor, dámelo —dijo ella con labios temblorosos.

—Por supuesto —Ross la condujo de vuelta al cuarto de estar—. Si te fijas en el sillón que ocupabas...

Cathy lo vio, estaba justo donde él había indicado. Sin embargo, estaba segura de que, al entrar, el bolso no estaba allí.

—Gracias —dijo ella con voz tensa.

—De nada. Y ahora... ¿lista para cenar?

Dándose cuenta de que era demasiado tarde para escapar, Cathy volvió a ocupar su asiento.

Al cabo de un momento, él apareció empujando una mesa con ruedas con servicio para dos; después, colocó dos sillas a una cómoda distancia de la chimenea.

Aunque, quizá por la situación, Cathy había perdido el apetito, ocupó la silla que él le ofreció. Entonces, tan pronto como ambos estuvieron sentados y después de haber servido dos copas de vino, Ross alzó su copa y dijo:

—Por nosotros.

Preguntándose qué se traería entre manos, Cathy bebió y encontró el vino delicado y perfecto.

La sencilla cena, a base de crepes de marisco con una salsa cremosa y una ensalada estaba deliciosa. A eso le siguió queso y fruta, y un excelente café que, a sugerencia de Ross, se tomaron en los sillones.

A pesar de su inicial falta de apetito, a Cathy le encantó la comida y felicitó al cocinero.

—Aunque en lo tocante a la cocina mi repertorio

es muy limitado, siempre intento complacer a mis invitados –comentó él.

–No me cabe duda de que lo consigues.

–Por supuesto, lo más importante es tener a alguien a quien complacer.

El brillo de los ojos de él, prácticamente irresistibles, le advirtió que estaban adentrándose en terreno peligroso, por lo que decidió cambiar de tema apresuradamente.

–Antes he visto una foto preciosa en la estantería. Es de una mujer rubia…

–Mi madre.

–Háblame de ella –dijo Cathy impulsivamente–. Según has dicho, vivía en Londres…

–Sí. Desgraciadamente, murió hace unos años.

–Lo siento. En ese caso, debo de estar equivocada… me parecía que la conocía.

–¿No será por el parecido con Marley?

–Sí, debe de ser eso. ¿Te llevabas bien con ella?

–Sí, muy bien –respondió Ross, su expresión se suavizó–. La quería mucho. Lo pasé muy mal cuando murió. Mi madre murió a los cuarenta y tantos años, se había casado muy joven. Demasiado joven. Apenas había cumplido los dieciocho años cuando nací yo.

Ross suspiró y continuó:

–Ella y mi padre no tenían mucho en común. Mi padre era un hombre atractivo, pero muy serio y muy callado, mientras que mi madre era divertida, animada y romántica. Cuando se conocieron, ella tenía un novio que se llamaba Toby; pero Toby era un chico, aunque agradable, insulso. Al conocer a mi padre, un terrateniente con una casa que parecía un castillo pequeño, le resultó irresistible y romántico. A pesar de que mi padre tenía casi veinte años más que ella, se casaron a los pocos meses de conocerse.

Ross bebió un sorbo de café, haciendo un inciso antes de proseguir:

—A mi madre le encantaba Dunbar, pero no fue feliz. Al cabo del año de vivir aquí nací yo, el heredero que mi padre había esperado tener; tres años después, nació mi hermana. La relación de mis padres no era buena, pero, por nosotros, mi madre continuó viviendo con mi padre durante casi quince años. Entonces, después de una visita a Londres para ir al funeral de una vieja amiga, volvió a encontrarse con Toby, que seguía soltero. En fin, para hacerte el cuento corto, se enamoraron de nuevo y ella le pidió el divorcio a mi padre. Él accedió a condición de quedarse con la custodia de mi hermana y de mí.

Cathy asintió comprensivamente y él siguió:

—Marley, que siempre había sido la preferida de mi padre, no tuvo problemas con eso. En cuanto a mí, aunque no me apetecía estar con mi padre, animé a mi madre a que hiciera lo que quisiera e intentase ser feliz. Tan pronto como mis padres consiguieron el divorcio, mi madre se casó con Toby. Aunque se llevaban muy bien y eran muy felices juntos, mi madre nos echaba mucho de menos a Marley y a mí. A mi madre siempre le habían gustado las antigüedades, por lo que Toby y ella compraron una tienda de antigüedades en Notting Hill…

Hasta ese momento, Cathy había permanecido callada, escuchándole. Pero, de repente, preguntó:

—¿En qué lugar exactamente de Notting Hill estaba la tienda?

—En Salters Lane.

—¡La conozco! —exclamó ella—. Fui allí una vez y creo que conocí a tu madre. Por eso es por lo que el retrato me resultaba tan familiar.

—Háblame de ello —pidió Ross, animado por el entusiasmo de ella.

—Yo tenía que pasar por la tienda para ir al colegio y, a veces, me paraba a mirar el escaparate. Tenían cosas muy interesantes. Un día que estaba mirando, entre una colección de objetos victorianos, vi un pisapapeles que me encantó; era una bola de nieve con una casita en miniatura, una casita preciosa.

Una extraña expresión cruzó el semblante de Ross, pero lo único que dijo fue:

—Continúa.

—De todos los objetos en el escaparate, la bola de nieve era el único que no tenía precio. Me enamoré de esa bola al instante y, como aún tenía dinero de mi cumpleaños, tenía dieciséis años, entré en la tienda para preguntar cuánto costaba. Una mujer bajita, delgada y rubia con un rostro encantador me dijo que la bola de nieve era suya y que no estaba a la venta. Yo le di las gracias y me volví para marcharme; pero ella, al darse cuenta de lo desilusionada que estaba, me preguntó si me gustaría agarrar la bola de nieve y examinarla más de cerca. Yo, por supuesto, dije que sí. Ella se acercó al escaparate, agarró la bola y me la dejó un rato para que le diera la vuelta y viera la nieve caer sobre la casa.

Cathy se interrumpió momentáneamente, recordando con nostalgia el momento.

–La siguiente vez que pasé por el escaparate, la bola de nieve ya no estaba. Pasé mucho tiempo pensando que aquélla era «mi casa». En fin, a pesar de los años, jamás se me olvidó la bola de nieve, y me acordé de ella nada más ver Dunbar. Ahora sé el porqué.

Cathy miró a Ross fijamente y, con voz insegura, añadió:

–Naturalmente, puede que no fuera Dunbar. Sólo vi la bola una vez y podría estar equivocada.

–No, no te has equivocado, era Dunbar. De pequeño, esa bola de nieve me fascinaba, y me dijeron que había sido especialmente hecha para mi tatarabuela. Según las cartas y los diarios que han sobrevivido al paso del tiempo, todas las mujeres de Dunbar fueron muy felices aquí; excepto mi madre, claro está. Pero aunque no era feliz con mi madre, le encantaba Dunbar y, cuando se marchó, se llevó la bola de nieve, que había sido un regalo de mi abuela a ella.

–Qué extraño –dijo Cathy.

–Sí, es verdad.

–No, me refiero a… no sé, siento como si fuera un honor haber conocido a tu madre.

Entonces, recordando la mala opinión que Ross tenía de ella, se preparó para recibir un ataque verbal. Sin embargo, al mirarle, vio que Ross estaba pensativo.

Cathy dejó transcurrir un momento antes de preguntar:

–¿Qué pasó con la tienda después de su muerte? ¿La conservó su marido?

–No. Toby murió antes que ella. Es extraño, parece como si no hubieran podido vivir separados; mi madre murió a las pocas semanas de hacerlo Toby. La tienda me la dejaron a mí y yo le pedí al hermano mayor de Toby que la llevara. Él accedió encantado.

De nuevo, Ross se sumió en sus propios pensamientos y a ella le pareció el momento de agarrar su bolso y marcharse.

–Bueno, es hora de que me vaya –dijo ella poniéndose en pie–. Gracias por la cena, estaba buenísima.

Ross la miró y comentó:

–¿A qué tanta prisa para volver a un piso vacío?

–Estoy cansada –contestó ella acercándose a la puerta–. Quiero acostarme temprano.

Ross se levantó y preguntó en tono algo burlón:

–¿No te parece que las nueve y media es un poco pronto para acostarse?

Ignorando el comentario, Cathy alargó el brazo para abrir la puerta; sin embargo, él consiguió alcanzarla primero y le cerró el paso.

–Si no te importa, quiero marcharme –dijo ella. Pero Ross no se dio por enterado–. Escucha, he cenado contigo, como tú querías, no hay motivo para que continúe aquí. Ya tengo las llaves y puedo…

Cathy, confusa, se interrumpió cuando él le acarició la mejilla con la yema de un dedo. El roce le aceleró el pulso y la dejó clavada al suelo.

—Antes de irte, ¿no te gustaría conocer el motivo por el que te he hecho venir aquí? Ven a sentarte a la chimenea y te lo contaré.

La sonrisa de Ross venció su resistencia y ella se dejó llevar de vuelta al sillón que había ocupado.

—Ahora que hemos decidido acostarnos pronto, ¿qué te parece una copa antes de irnos a la cama? —sugirió él como si fueran un matrimonio—. Tengo bastantes licores, elegiré el más apropiado.

—Una copa pequeña para mí —dijo ella con voz ronca.

Ross sirvió dos copas y le dio una a Cathy.

—Prueba esto.

Obedientemente, Cathy bebió un sorbo y el cremoso licor le pareció inofensivo.

—¿Te gusta? —preguntó Ross.

—Sí, gracias.

Ross volvió a sentarse y dejó su copa encima de la mesa.

—Veo que sigues sin llevar puesto el anillo de bodas —comentó él.

—Lo he perdido.

—Sí, eso es lo que dijiste.

—Y tú no me creíste.

—De haberlo llevado puesto cuando nos conocimos te habría creído, pero como no fue así… ¿Por qué no me dices el motivo por el que...?

—No es lo que piensas —le interrumpió ella.

—¿Te extraña que piense que no lo llevabas puesto con el fin de ocultar que estás casada?

—No —admitió ella con voz débil—. Pero no fue por eso.

–Entonces, ¿por qué no lo llevabas puesto?

–Ojalá pudiera explicarlo.

–Inténtalo.

–No puedo –admitió ella–. Pero es verdad que lo he perdido.

–Marley te cree. Janet y ella han pasado buena parte del día buscándolo en Beinn Mor, sin conseguirlo. En fin, supongo que, si no se encuentra el anillo, Carl podrá comprarte otro.

Cathy sacudió la cabeza.

–No sería lo mismo.

–Dime, ¿qué tiene de especial ese anillo? –insistió Ross.

Tragando saliva, Cathy le contestó con sinceridad:

–Tiene un valor sentimental muy grande. Significa mucho para mí.

–Me resulta difícil de creer ya que sólo lo has podido llevar puesto unas semanas y, además, no siempre lo llevabas puesto.

–Puedes pensar lo que quieras, pero te aseguro que significaba mucho para mí –repitió ella obstinadamente.

–¿Tenía algún gravado?

–Sí.

–¿Qué decía en el gravado?

–¿Eh? ¿Qué…? –balbuceó ella.

Él, con exagerada paciencia, repitió la pregunta.

–Tenía gravadas las iniciales y un nudo del amor –respondió ella.

–¿Las iniciales tuyas y de Carl?

Acorralada, Cathy contestó:

–Naturalmente.

–¿Algo más?

–La palabra «siempre».

–Qué romántico.

De repente, los ojos de Cathy se llenaron de lágrimas al sentir la certeza de que jamás volvería a ver el anillo.

La angustia de ella le penetró el corazón y, a pesar de lo enfadado que seguía por la obstinación de Cathy de confesarle la verdad, se arrepintió de presionarla tanto. Mientras ella contemplaba el fuego intentando desesperadamente contener las lágrimas, él le agarró la mano izquierda y, tras besarle los dedos uno a uno, deslizó el anillo en el dedo anular.

Cathy lanzó un grito de alivio y, cuando él la levantó para sentarla en su regazo, ella fue incapaz de protestar. Después, le dio un pañuelo para que se secara las lágrimas.

–Gracias –dijo ella antes de devolverle el pañuelo–. ¿Dónde lo has encontrado?

–No lo he encontrado yo, sino Iain Mackay, uno de los empleados de la finca que vive en el pueblo; lo traje esta tarde. Era Iain el que iba disfrazado de Papá Noel. Le dije que se llevara a su casa, para dárselos a su familia, los regalos que sobraran del saco. El anillo estaba al fondo del saco, así que lo más seguro es que se te cayera cuando metiste la mano para sacar tu regalo.

–Dale las gracias de mi parte. ¿Sabe tu hermana que él ha encontrado el anillo?

–Sí, la he llamado para decírselo. Ahora será mejor que no vuelvas a perderlo.

–Sí.

Ross le movió el anillo alrededor del dedo.

–Te está muy grande, es un milagro que no lo hayas perdido antes. Podrías llevarlo a un joyero para que lo achicara.

–No quiero… –a punto de decir que no quería alterar el anillo, Cathy se mordió la lengua y rectificó–: Bueno, sí, seguiré tu consejo. Ahora, de momento, lo guardaré.

–¿Cómo es que compraste un anillo tan grande?

–Me gustaba éste.

Ross no hizo ningún comentario y ella sintió un gran alivio.

–Veo que no llevas anillo de compromiso.

–No tengo.

–¿Por qué?

Recordando a Neil, Cathy contestó:

–Estuvimos prometidos durante muy poco tiempo antes de casarnos. Además, no teníamos mucho dinero.

Ross no hizo más comentarios al respecto y ella estaba segura de que había pasado el apuro cuando, de repente, él preguntó:

–Hay un par de cosas que no logro comprender.

–¿Y eso?

–¿Cómo explicas que el borde del anillo esté algo gastado? Parece haber sido usado durante años. Y, además, las iniciales que están gravadas no son «C» y «C», sino «A» y «D».

Sin ver más opción que confesar la verdad, Cathy dijo:

–Es porque el anillo era de mi madre. Se llamaba

Anne y mi padre se llamaba David. Cuando se comprometieron, él le compró un par de pendientes que hacían juego con el anillo de compromiso y que ella llevó puestos durante veinte años. Después del accidente de avión en el que murieron, el anillo de bodas fue una de las pocas pertenencias de mis padres que nos devolvieron; sin embargo, no encontraron el anillo de compromiso.

—Entiendo. Eso explica que ese anillo signifique tanto para ti. Lo que no comprendo es por qué no me dijiste antes que era el anillo de tu madre. ¿Por qué me has mentido y me has dicho que tus iniciales y las de Carl eran las que estaban gravadas?

Harta del interrogatorio, Cathy gritó:

—Estoy harta de que me interrogues y me niego a seguir contestando a tus preguntas.

Ross, después de haber casado las piezas del rompecabezas, sabía el porqué. Sin embargo, quería que ella lo admitiera.

Desde el principio había visto cosas que no encajaban y, por eso, había hecho algunas averiguaciones. Los resultados de dicha pequeña investigación habían confirmado sus sospechas y un inmenso alivio le había invadido. Pero el alivio había sido sustituido por enfado ya que, aunque admiraba la lealtad de Cathy, le enfadaba que le estuviera mintiendo y le enfurecía el dolor que le había causado.

Decidido a hacerla confesar la verdad, la había presionado. Y estaba dispuesto a seguir haciéndolo hasta que Cathy se rindiera. Sí, iba a tener que seguir presionándola porque sólo que ella le confesara la verdad le compensaría por lo mal que se lo había hecho pasar.

Y sólo entonces podría decirle lo mucho que ella significaba para él…

—Quiero marcharme ya —declaró Cathy poniéndose en pie.

—¿A qué tanta prisa? —preguntó Ross levantándose—. No puedes decir que es porque tu marido te está esperando.

—Por favor, Ross, deja que me vaya.

Pero él, empujándola con suavidad, la obligó a tomar asiento de nuevo.

—No entiendo qué es lo que quieres —dijo Cathy—. He cenado contigo y he hecho todo lo que me has pedido…

—¿Por qué crees que te he hecho subir aquí?

—No lo sé.

—Piénsalo bien, creo que sí lo sabes.

—¿Por el anillo? —aventuró ella.

—No —respondió Ross con una sonrisa ladeada—. Según una leyenda oriental, si una persona salva la vida a otra persona, la vida de esa persona le pertenece.

—Como sé que no quieres nada conmigo, no hay problema.

—¿Y si estuvieras equivocada y sí quisiera algo contigo?

Cathy sacudió la cabeza, y él dijo:

—No crees que hable en serio, ¿verdad?

—No.

—¿Por qué no?

—Porque me lo has dejado muy claro.

—Puede que haya cambiado de idea.

—No te creo —agitada, Cathy se levantó una vez más.

En el momento en que se dio la vuelta, Ross se le acercó y, agarrándole un brazo, le rozó la nuca con los labios.

Convencida de que Ross sólo estaba jugando con ella, se quedó inmóvil mientras él le acariciaba la nuca y los hombros con los labios.

—¡No! —Cathy, incapaz de aguantar más, se apartó de él.

Pero Ross, sujetándola, la atrajo hacia sí, colocando su mejilla contra la de ella.

—No es necesario que sigas fingiendo. Sé la clase de mujer que eres.

—Una mujer casada —mintió Cathy.

Con una mano, Ross le alzó la barbilla, mientras la sujetaba con el otro brazo. Después, la besó.

—Estar casada no fue un impedimento el otro día.

Tragando saliva, Cathy intentó ignorar la excitación que los labios de Ross le estaban provocando.

—Ayer me dijiste que nunca tienes relaciones con mujeres casadas, que no soportabas la idea de acostarte con la esposa de otro hombre.

—Eso fue ayer por la mañana. Pero anoche, cuando te vi coqueteando con Robert y con Cunningham a pesar de lo cerca que estaba tu marido, decidí que había sido excesivamente escrupuloso. ¿Por qué no aprovecharme de lo que está en oferta?

Montada en cólera, Cathy se soltó y le miró con furia.

–No hay absolutamente nada en oferta. Y a ti ni siquiera te besaría bajo el muérdago el día de Nochebuena.

Ross se echó a reír.

–Créeme, tengo intención de hacer mucho más que eso.

–¿Y si no lo permito?

–Puede que me vea tentado a decirle a tu marido la clase de mujer con la que se ha casado. ¿Crees que seguiría trabajando aquí si supiera lo que ocurrió en Ilithgow House?

A Cathy se le encogió el corazón. ¿Y si Ross hablaba con Carl? Carl la conocía muy bien y sabía que no se acostaría con nadie que no fuera muy especial. Quizá, por el bien de ella, acabaría confesando la verdad.

Pero… no, Ross no iba a hablar con él, de eso estaba completamente segura.

–Muy bien, ve y díselo –dijo ella, lanzándole un desafío.

–¿No estás corriendo demasiado riesgo?

–No.

–¿Por qué no?

–Porque creo que no se lo dirías. No eres esa clase de hombre.

Con una cínica sonrisa, Ross admitió:

–Debo confesar que me habrías dejado muy preocupado si me hubieras creído.

–En ese caso, ¿puedo irme ya?

Ross, riendo, le agarró ambos brazos y la atrajo hacia sí.

–Mi amor, has ganado esta batalla, pero no la

guerra. Tengo la intención de llevarte esta noche a mi cama…

Soltándose, Cathy le dijo con firmeza:

—No tengo intención de acostarme contigo.

—¿No? No creo que me lleve mucho tiempo hacer que me desees…

Ross estaba demasiado seguro de sí mismo y Cathy tembló al darse cuenta de que, si cedía, lo único que conseguiría con eso sería afianzar a Ross en la creencia de que era una cualquiera.

Volvió a estremecerse.

Capítulo 8

ON LOS ojos clavados en Cathy, advirtiendo su absoluta inmovilidad, observando los cambios de expresión de su rostro, Ross preguntó con voz suave:

–Bueno, ¿qué piensas?

–Pienso que estás intentando asustarme. No creo que seas la clase de hombre que seduzca a la esposa de otro.

–Y, en circunstancias normales, no lo haría. Pero tu caso es excepcional; al fin y al cabo, no muchas recién casadas se entregarían a otro hombre con la facilidad con la que tú lo hiciste.

De vuelta a lo mismo.

Cathy se sintió desesperada.

Pero él, acercándose más, le susurró al oído:

–No pongas esa cara. Una vez que te sobrepongas a la mala conciencia, disfrutarás…

Los labios de él le acariciaron la garganta, haciéndola temblar de placer. Quería oponer resistencia, pero el deseo carnal estaba mermando su fuerza de voluntad.

Y él lo sabía.

–Llevo toda la tarde queriendo hacer esto –dijo él con voz suave.

Entonces, ella alzó el rostro y Carl la besó. Sus labios eran firmes y cálidos. Entonces, con la punta de la lengua, le acarició la boca antes de separarle los labios y adentrarse en su boca.

Cathy contuvo la respiración al darse cuenta, de repente, que aquello iba a ser una lenta seducción contra la que no tenía defensas.

—Dime, ¿qué le vas a decir a Carl cuando te pregunte qué has hecho esta tarde? —dijo Ross de súbito.

—No voy a decirle nada. Él no me va a hacer esa pregunta.

Acariciándole la mandíbula, Ross insistió:

—Pero ¿y si lo hace? ¿Vas a mentirle?

—No tendré que mentirle, Carl no tiene motivos para preguntarme —respondió ella con la respiración entrecortada.

Y era verdad. Conociendo a Carl como le conocía, estaría demasiado ocupado contándole sus propias aventuras.

—Debe de confiar plenamente en ti.

—Carl no es celoso.

Ross sonrió traviesamente y, cubriéndole un pecho con una mano, murmuró:

—Mejor, dadas las circunstancias.

—Por favor, Ross, no —susurró ella, intentando apartarle la mano sin conseguirlo.

—¿Por qué no? No es la primera vez.

—Pero la otra vez fue…

—¿Qué?

Cathy sacudió la cabeza.

—Dime, ¿qué fue para ti la otra vez? ¿Una aventura sin importancia? ¿Dos desconocidos entregándose a los placeres de la carne simplemente?

–¡No! –gritó ella–. No fue así. ¡No lo fue!

–En ese caso, ¿qué fue?

«Especial, mágico, inolvidable», quiso decirle. Pero no podía hacerlo.

–Fue una equivocación –susurró ella–. Una equivocación que no tengo intención de repetir.

–¿Porque estás enamorada de Carl y no quieres perderle? –preguntó Ross burlonamente.

Lo que Cathy no quería perder era el respeto a sí misma, pero no podía decirle eso.

–¿Le quieres? –insistió Ross.

–Sí, le quiero mucho –respondió Cathy.

–Pero no lo suficiente para serle fiel –mientras hablaba, Ross la hizo volverse de modo que la espalda de ella estaba pegada a su pecho. Sujetándola con un brazo, utilizó la mano que tenía libre para soltarle el pelo.

Cuando la melena de Cathy le cayó por las espalda, él deslizó las manos por debajo de su ropa para cubrirle los pechos y acariciárselos con suavidad.

El deseo la hizo temblar.

Y cuando Ross bajó las manos para acariciarle el vientre y la cintura, ella lanzó un suspiro… que se transformó en un gemido cuando Ross le desabrochó la falda, que, resbalándole por las piernas, acabó en el suelo.

Entonces, Ross empezó a desabrocharle los botones del jersey.

Cathy sabía que debía detenerle, pero las sensaciones que la boca de él estaba produciéndole en la nuca y en los hombros se lo impidieron.

Al cabo de unos segundos, el jersey estaba en el suelo, junto a la falda. Después, él le desabrochó el sujetador, dejándola desnuda, a excepción de las bragas y las medias.

Con un murmullo de apreciación, Ross le echó la melena hacia un lado y volvió a besarle la nuca. Después, tomándola por sorpresa, le mordisqueó el hombro, haciéndola temblar involuntariamente.

Unos segundos después, Ross le acarició una pierna, después la otra… pero esta vez, deslizó los dedos por debajo de la braga.

Un anticipo del placer que la esperaba.

Ross comenzó a bajarle las bragas por las caderas y, en un abrir y cerrar de ojos, se unieron al resto de la ropa.

Ross comenzó a acariciarle los pechos desnudos y a juguetear con los pezones. Ella quería volverse de cara a él, rodearle el cuello con los brazos, apretarse contra él…

Pero, en ese momento, Ross la hizo darse la vuelta y la besó con fiera pasión antes de tumbarla en la alfombra de lana delante del fuego de la chimenea que la bañó en una luz durada.

Tumbándose a su lado, Ross le acarició todo el cuerpo. Casi mareada por el deseo, Cathy no opuso ninguna resistencia. Entonces, Ross le quitó las medias, dejándola totalmente desnuda. Después, bajando la cabeza, se metió uno de los pezones en la boca.

Interpretando el gemido de ella correctamente,

Ross comenzó a pellizcar el otro pezón, provocándole exquisitas sensaciones, dardos de placer que bajaban por su cuerpo para alojarse en su entrepierna.

Perdida en esa marea de sensaciones, Cathy lanzó un gemido, casi un ruego.

Él respondió colocando una mano sobre el nido de pálidos y sedosos rizos que exploró con sus largos dedos.

Cuando esas caricias la hicieron gemir y alzar las caderas, Ross se detuvo y, como si quisiera dejar claro el poder que tenía sobre ella, dijo:

—Como no sé cuánto tiempo va a pasar antes de que pueda volver a hacerte el amor, tengo la intención de aprovechar al máximo esta noche.

Mientras ella permanecía tumbada con los ojos cerrados, Ross se desnudó antes de volverse a tumbar a su lado. Entonces, besándole la boca, susurró:

—Si hago algo que no te gusta, dímelo.

Pero con todo su ser pidiéndole a gritos un alivio a la tensión sexual que sólo él podía darle, no iba a decirle nada.

Murmurando lo hermosa que era y lo mucho que la deseaba, y demostrando una habilidad y una experiencia que demostraba lo bien que conocía la libido femenina, Ross le proporcionó un placer inimaginable.

Por fin, le levantó las caderas y, cuando ella sintió la calidez y humedad de la lengua de él dentro, lanzó un grito.

Nunca antes había sentido nada parecido y la intensidad de ese placer casi le asustó. Mientras la lengua de Ross la acariciaba hasta llevarla al borde del orgasmo, ella creyó que iba a desmayarse.

Pero ni siquiera eso pudo compararse al momento en el que él la hizo alcanzar el clímax, desatando en ella gritos y gemidos y dejándola presa de los espasmos.

Cuando Cathy le sintió colocarse encima, considerándose saciada a sí misma, le sorprendió comprobar que no era así. Su cuerpo volvió a arder de deseo y, una vez más, fue conducida a la cima del placer.

Esta vez, alcanzaron el orgasmo al unísono. Después, ambos permanecieron tumbados hasta recuperar el ritmo normal de la respiración.

Cathy cobró consciencia del peso de la cabeza de Ross en su pecho y un profundo amor la llenó.

Estaba casi dormida cuando él, incorporándose, la tomó en sus brazos, la llevó a su dormitorio y la acostó en su cama de dosel.

Cuando Cathy se despertó, volvió la cabeza y se encontró sola en la enorme cama.

Aunque se sentía bien físicamente y su cuerpo estaba saciado, se arrepintió de lo que había ocurrido.

¿Qué pensaría Ross de ella?

Pero no hacía falta que se hiciera esa pregunta, sabía perfectamente lo que Ross pensaba de ella.

Lo que no sabía era por qué Ross se había comportado como lo había hecho. Aunque era evidente que la deseaba, no era un hombre que careciera de autocontrol…

Pero claro, no tenía nada que ver con el autocontrol. La seducción de la noche anterior no se había debido a un impulso, sino a una estrategia bien pensada. Ross sabía que Carl iba a estar ausente aquella noche y se había aprovechado de ello.

Sin embargo, algo no encajaba. Le consideraba un hombre de principios. ¿Acaso se había equivocado respecto a él?

Debía de ser así. Debía de ser que se había equivocado respecto a Ross como lo había hecho con Neil. No obstante, el instinto le decía que no era así.

Confusa, miró el reloj y, con pesar, vio que pasaban de las nueve y media y que ella seguía desnuda y en la cama de Ross.

Saltando de la cama, corrió hacia el cuarto de baño y se metió en la ducha. Cuando terminó, salió del baño y fue a buscar su ropa.

La encontró doblada en una silla del dormitorio. Aunque no le gustaba ponerse las bragas que había usado el día anterior, como no le quedaba más remedio, empezó a ponérselas...

No, no eran las bragas que había llevado el día anterior, sino unas limpias que tenía en uno de los cajones del mueble de su cuarto. La blusa y las medias también eran otras, y en vez de una falda había un pantalón y un chaleco haciendo juego.

¿Cómo había llegado esa ropa hasta allí? ¿Había mandado Ross a una empleada que la llevara? ¿Lo había hecho él mismo?

Con pánico, se dio cuenta de que, si había sido Ross quien había ido a por la ropa, habría visto que Carl y ella dormían en habitaciones separadas.

Cathy se vistió a toda prisa y estaba buscando el pasador de pelo cuando, de repente, la puerta del dormitorio se abrió y Ross apareció en el umbral.

Recién afeitado, con sus ojos grises brillando y el pelo peinado hacia un lado, era la imagen de la virilidad y peligrosamente guapo.

Iba vestido con elegancia casual: pantalones oscuros y camisa de seda azul con el botón de arriba desabrochado. Llevaba la camisa remangada hasta los codos, exhibiendo unos músculos tonificados y salpicados de vello dorado. Llevaba un trapo de la cocina atado a la cintura.

—Buenos días —dijo él—. ¿Buscabas algo?

—Yo… estaba buscando el pasador del pelo.

—Déjatelo suelto, me gusta más. Te da un aire de inocencia seductora, como si estuvieras a punto de hacer el amor.

Cathy se sonrojó al instante.

—El desayuno está listo. Los huevos revueltos hay que comerlos inmediatamente.

Ross se estaba comportando como si nada fuera de lo normal hubiera ocurrido, pero bajo esa apariencia superficial había un aire triunfal.

Cathy se dejó conducir hasta la cocina, que estaba al fondo de la suite y tenía tres ventanales desde los que se podía ver el paisaje nevado.

Aunque la cocina estaba bien equipada y era moderna, también era acogedora, con armarios de roble y una chimenea.

Onions, que estaba tumbado delante del fuego, se levantó y se acercó a ella para que le acariciara.

Después, se sentaron a la mesa y comieron en silencio. Una vez que terminaron de desayunar, Ross agarró los platos y los metió en el lavavajillas antes de preguntar:

—¿Quieres tostadas con mermelada?

Cathy negó con la cabeza.

—No, gracias. Los huevos estaban muy buenos.

—Me alegro que te hayan gustado. ¿Té o café?

—Café, gracias.

Mientras agarraba la cafetera, Ross indicó un par de sillones encima de una colorida alfombra.

—Tomemos el café junto a la chimenea, ¿te parece?

Ella le obedeció y, cuando los dos estaban sentados con sus cafés, le preguntó:

—¿Te gusta este lugar?

—Sí, me encanta. Es maravilloso.

—Pero preferirías vivir en Londres, ¿no?

—No, no, en absoluto. Aunque Londres es una ciudad extraordinaria, prefiero vivir en el campo. Tras la muerte de mis padres, consideramos la posibilidad de trasladarnos al pueblo en el que nacimos. Sin embargo, yo tenía un buen trabajo y no me pareció buena idea dejarlo. Además, Ca… —Cathy se interrumpió, ruborizándose momentáneamente—. Mi hermano aún estaba estudiando fisioterapia, por lo que no pudimos irnos.

—¿Cómo se llama tu hermano? —preguntó Ross sin darle importancia.

—Cadell —respondió ella sin vacilar, preparada para la pregunta.

—Un nombre poco común —comentó Ross.

Cadell era el segundo nombre de Carl, por lo que Cathy se sentía pisando tierra firme.

—Era el nombre de mi abuelo por parte de padre.

—Ya. Dime, ¿cómo es tu hermano? ¿Se parece a ti físicamente?

—No, se parece a mi padre, yo me parezco más a mi madre.

—Creo que me dijiste que tú y tu hermano vivíais en el piso que tus padres tenían alquilado.

—Sí.

—¿Qué pasó después de que te casaras?

—¿Que qué… pasó?

—Sí, que dónde te fuiste a vivir.

—Seguí en el mismo piso.

—¿Tú, tu marido y tu hermano?

—Sí —respondió ella sin mentir.

—¿No me dijiste también que dejaste el piso cuando tú y Carl vinisteis aquí?

—Sí.

—¿Y tu hermano?

—Se fue a otra parte.

—¿Dónde vive tu hermano ahora?

—Está… está viviendo con un amigo.

Cathy, decidida a escapar al interrogatorio, se puso en pie.

—Bueno, es hora de que baje y me ponga a trabajar.

—Es Nochebuena, no contaba con trabajar hoy —anunció él, sorprendiéndola.

Con alivio, Cathy dijo:

—No te preocupes, lo haré yo sola.

—Tampoco contaba con que trabajaras tú.

—En ese caso, me iré al piso y…

Ross sacudió la cabeza y, con voz insinuante, le dijo:

—Tenía la intención de utilizar tus servicios.

—Si te refieres a lo que creo que te refieres… —comenzó a decir ella con voz estridente debido a la agitación que sentía.

Ross arqueó las cejas.

—¿A qué crees que me refiero?

—Lo sabes muy bien. Si esperas que me acueste contigo cada vez que te apetezca…

—Eso es exactamente lo que espero.

Cathy no podía soportar la idea de ser utilizada de esa manera, acabaría odiando a Ross por la forma como la trataba. Pero aunque estaba enfadada y dolida, jamás podría odiarle.

—No, no voy a permitirlo.

—Si quieres que tu marido conserve su trabajo, harás lo que yo quiera. Además, no te estoy pidiendo algo que tú no quieras hacer… En cualquier caso, no te preocupes, lo que quiero que hagas hoy no incluye que te desnudes.

—¿Qué quieres que haga?

—Que cooperes conmigo. Lo peor que puede ocurrirte es que te dé un pequeño beso bajo el muérdago.

Consciente de que estaba jugando con ella, Cathy dijo con voz tensa:

—¿Quieres decirme qué es lo que quieres que haga?

Ross se puso en pie.

—Como esta noche es la fiesta de Nochebuena,

quería que me ayudaras a adornar el árbol de Navidad y a poner los adornos que falten en el vestíbulo principal.

Enfadada con él por haberle tomado el pelo y, al mismo tiempo, aliviada, Cathy se mordió los labios.

–Mathersons, la empresa de *catering* que he contratado, lo habría hecho de habérselo pedido. Pero me gusta participar con la decoración, ¿no te parece? Aunque si no quieres ayudarme…

–Sí, me apetece. Siempre me ha gustado poner los adornos de Navidad.

Ross le sonrió.

–En ese caso, vamos.

Capítulo 9

TOMÁNDOLE la mano, la hizo levantarse.

—Los de Mathersons dijeron que iban a venir a las ocho de la mañana, ¿te parece que vayamos a ver qué han hecho ya?

El espíritu navideño se apoderó de ella y, por primera vez desde su llegada a Dunbar, se sintió contenta.

El vestíbulo principal era un despliegue de actividad y ya se veían en él signos de las festividades. Unos leños ardían en la gran chimenea de piedra y el dintel de la chimenea estaba adornado con ramas de acebo con sus frutos rojos y hiedra. El techo y los marcos de las puertas también habían sido adornados. Unos trabajadores, subidos en escaleras, estaban dando los últimos toques a los adornos de las lámparas colgantes. El árbol de Navidad, en un rincón, aún estaba desnudo.

Cuando Ross y Cathy aparecieron en el vestíbulo, uno de los trabajadores se les acercó.

—Buenos días, señor Dalgowan.

—Buenos días, Will. Parece que todo va bien.

—Sí, así es. A parte de lo que usted nos dijo que no hiciéramos, ya casi hemos acabado aquí.

—En ese caso, pueden empezar con el comedor.

–Muy bien. Estará listo hacia el mediodía con el fin de que los encargados de la comida puedan empezar a trabajar.

–Muy bien, gracias, Will. ¿Van a venir esta noche a la fiesta?

–Sí, claro. Mi mujer no se la perdería por nada del mundo.

Will volvió con sus hombres y, a los pocos segundos, empezaron a llevar su equipo a la estancia contigua.

Volviéndose hacia ella, Ross preguntó:

–¿Lista para empezar?

–Sí –respondió Cathy con entusiasmo.

En el rincón, al lado del árbol, había un tablero apoyado en unos caballetes en el que había ramas de acebo esperando a ser colgadas y tres cajas grandes de cartón atadas con cordel.

–Los adornos navideños –dijo Ross mientras desataba las cajas y las abría–. Las guardamos en uno de los áticos y las bajamos en Navidad. Pero ¿te parece que colguemos primero el muérdago?

Entre los dos decidieron dónde colgar el muérdago y Ross, subiéndose a una escalera, lo colgó.

Estaban a punto de empezar a sacar los adornos de las cajas cuando Cathy se apartó un mechón de pelo del rostro e, inadvertidamente, hizo que Ross se fijara en el anillo que adornaba su dedo.

–Dame el anillo para que lo guarde –le dijo Ross–. No vaya a ser que lo pierdas otra vez.

Antes de que ella pudiera protestar, Ross se lo quitó y se lo metió en el bolsillo del pantalón.

Cathy encontró una goma elástica en una de las

cajas y se recogió el pelo en una cola de caballo. Después, entre los dos, sacaron las brillantes bolas de las cajas: las había de todos los colores, tamaños y formas; también había otros objetos navideños para colgar en el árbol y, para coronarlo, había dos objetos a elegir: una magnífica estrella plateada y un hada madrina regordeta con una barita mágica y una traviesa expresión.

Trabajaron en equipo durante la hora siguiente: riendo y charlando mientras adornaban las ramas más bajas del árbol. Cuando llegaron a las más altas, Cathy indicó dónde iba cada objeto y Ross, subido a una escalera, seguía sus instrucciones.

El tiempo pasó volando y eran casi la una y media cuando Ross dijo que parasen y pidió que les llevaran café y unos sándwiches.

Comieron delante de la chimenea. Mientras lo hacían, Cathy deseó que ese compañerismo y el placer de estar juntos pudiera durar toda la vida.

Una vez que acabaron el almuerzo, reanudaron su tarea. Cuando sólo quedaba por adornar la copa del árbol, observando la estrella y el hada madrina, Ross dijo:

—Dime, ¿qué ponemos? ¿Quieres pensarlo?

—No tengo que pensarlo, sé lo que me gustaría poner.

—¿Sí?

—Sí —respondió ella—. El hada madrina.

Ross lanzó un gruñido.

—Siempre que le tocaba a Marley, elegía el hada madrina. No comprendo cómo le gustaba tanto esa cosa tan horrible.

Cathy se echó a reír.

–Me encanta su expresión.

Mientras Ross examinaba la maliciosa sonrisa del hada, ella sugirió traviesa e impulsivamente:

–Podríamos poner las dos cosas, ¿qué te parece?

Ross sujetó la estrella a la copa del árbol y colocó el hada a su lado.

–¿Qué te parece? –preguntó él.

Se veía tan ridículo que Cathy no pudo evitar echarse a reír.

–Te sugiero que bajes y lo veas tú.

Ross bajó la escalera y se colocó al lado de ella.

–Perfecto –dijo él, pero la estaba mirando a ella–. Deberías reír más a menudo.

Ross estaba demasiado cerca de repente y ella dio un paso atrás, pero él la sujetó con un brazo y, con expresión triunfal, miró hacia arriba.

Cathy se dio cuenta, demasiado tarde, que estaba justo debajo de una rama de muérdago. Entonces, Ross le puso una mano en la barbilla, le alzó el rostro y la besó.

Al instante, ella se vio inmersa en el deleite de ese beso, indefensa ante el flujo de emociones que le produjo. Ross profundizó el beso hasta hacerla sentirse perdida, incapaz de pensar.

Cuando por fin él alzó el rostro, sus ojos estaban empañados por una emoción que contenía ternura. Ross pareció a punto de decir algo, algo importante; sin embargo, en ese momento, se oyó la voz ronca de una mujer:

–Vaya, vaya, vaya… Aprovechando el muérdago, ¿eh?

Ross soltó a Cathy y se volvió hacia la alta y delgada morena elegantemente vestida con un abrigo gris, un sombrero y botas hasta las rodillas.

–Pareces sorprendido de verme –dijo ella.

–Sí, un poco.

–No sé por qué. Le dije a Margaret que lo más seguro es que viniera a ver a mi padre.

Volviéndose a Cathy, Ross dijo:

–Lena, te presento a Cathy Richardson. Cathy, ésta es Lena Dultie, mi ex.

Lena era una de las mujeres más guapas que Cathy había visto en su vida. Tenía un cabello negro precioso, un rostro ovalado perfecto y unos rasgos faciales sumamente delicados. Sus largas pestañas rodeaban unos ojos tan azules que casi parecían de color violeta. Su maquillaje era exquisito y sus pendientes de brillantes relucían.

–Encantada –dijo Cathy en voz baja.

–Igualmente –respondió Lena sin aparente entusiasmo.

–¿Estás hospedada en Beinn Mor?

Cathy negó con la cabeza.

–Trabajo aquí.

–Ah –entonces, Lena se volvió a Ross–. Espero no llegar en un momento inoportuno.

–No, claro que no –respondió él educadamente–. Es sólo que no te esperaba. Supongo que vas a volver a Londres para pasar allí el día de Navidad, ¿no?

–He decidido pasarlo aquí. Voy a quedarme unos días porque mi padre no se encuentra muy bien. Pero como en Glendolan es todo tan aburrido, he pensado venir a la fiesta esta noche y quizá me quede unos días… si es que no tienes inconveniente.

—¿No ha venido Philip contigo?

—No.

—¿Y no le molesta pasar la Navidad solo?

—La verdad es que ya no estamos juntos.

—¿Habéis suspendido la boda?

—Sí.

—¿Por decisión tuya o suya?

—Por decisión mía, por supuesto.

—¿Puedo preguntarte por qué?

—Porque descubrí que te echaba de menos —respondió ella dando un suspiro—. Acabé dándome cuenta de que sería una equivocación casarme con un hombre mucho mayor que yo y decidí dejarle.

—¿Dónde vives ahora?

—En este momento estoy temporalmente en casa de una amiga, hasta que encuentre un sitio más adecuado.

—Pero te quedarás en Londres, ¿no?

Lanzando a Ross una mirada seductora, Lena respondió:

—No necesariamente.

—¿Y eso? —preguntó Ross arqueando las cejas.

—Bueno, he estado pensando que… Escocia no es un mal sitio para vivir, siempre que pueda ir a Londres de vez en cuando.

—Un cambio radical —comentó Ross.

—Esperaba que te agradara.

—No me cabe duda de que a tu padre sí le gustará.

Sin saber cómo tomarse el comentario, Lena titubeó antes de continuar:

–A propósito, al pasar por Beinn Mor he parado para hablar un momento con Janet y me ha dicho que no tienes ningún invitado…

En ese momento apareció el ama de llaves. Volviéndose hacia ella, Ross preguntó:

–¿Quería hablar conmigo, señora Fife?

–Era sobre la señorita Dultie, señor Ross. Douglas ha traído su equipaje a la casa, pero no tenemos ninguna habitación preparada porque no sabíamos que iba a venir.

–No se preocupe, señora Fife, nadie lo sabía –respondió Ross tranquilamente–. La visita de la señorita Dultie ha sido una sorpresa para todos.

La expresión del ama de llaves mostró exactamente lo que pensaba de semejantes sorpresas.

–Le agradecería que preparara una habitación para ella.

–Sí, señor Ross.

Resultó evidente que aquello no era lo que Lena había esperado cuando se apresuró a decir:

–Pero Ross, ya que no tienes ningún invitado y vas a estar solo, pensaba que quizá pudiera quedarme en tu suite… y proporcionarte compañía.

–Es muy amable de tu parte, Lena –respondió él suavemente–. Pero no tenía pensado estar solo.

Mientras Lena fruncía el ceño y Cathy se preguntaba qué había querido decir Ross, éste asintió en dirección a la señora Fife y ésta se alejó apresuradamente.

–Ahora, ¿qué tal si vamos al estudio? Pediré que nos traigan té y sándwiches –dijo él.

Pero Cathy, que se había visto obligada a presenciar la escena sin que tuviera nada que ver con ella, estaba harta y, mirando a Ross fijamente, dijo:

—Me gustaría volver al piso. Está empezando a oscurecer y no creo que Carl tarde mucho en llegar a casa.

Sorprendiéndola, Ross asintió.

—Desde luego. ¿No quieres antes subir conmigo a la suite para recoger tu bolso? —entonces, Ross se volvió hacia Lena—. ¿Por qué no vas al estudio y pides que lleven té? Enseguida me reuniré contigo.

—Sí, claro —respondió Lena.

Mientras Ross, con una mano en su espalda, conducía a Cathy al piso de arriba, ésta no pudo evitar comentar:

—Lena es muy guapa.

—Sí —concedió él—. Es una de las mujeres más hermosas que he conocido.

Esas palabras le produjeron casi náuseas.

Una vez en la suite, Cathy agarró su bolso y estaba dirigiéndose a la puerta para marcharse cuando Ross, que se la había quedado observando en silencio, se adelantó para abrirle la puerta. Ella respiró profundamente.

—Gracias por este día. Lo he pasado muy bien adornando el árbol.

—Yo también.

Cathy iba a salir cuando él, poniéndole una mano en el brazo, la hizo detenerse.

—Irás a la fiesta esta noche.

No fue una pregunta, sino una afirmación. Pero Cathy sabía que no podría soportar ver a Ross y a Lena juntos.

–Tengo un poco de dolor de cabeza y me gustaría acostarme temprano. Así que, si a Carl no le importa, puede que me quede en casa.

–A mí sí me importa –declaró Ross–. Quiero que vayas.

En ese momento sonó el teléfono.

–Espera, no te vayas –dijo él antes de ir a contestar la llamada.

–¿Sí…? Sí, sí… ¿Cuándo?

Cathy estaba a punto de desobedecerle, pero la expresión de él se lo impidió.

–¿Qué ha pasado? –preguntó él.

Ross, mientras escuchaba, se acercó a ella con el teléfono al oído y, agarrándole un brazo, la condujo a uno de los sillones delante de la chimenea.

Asustada por la sobriedad de la expresión de Ross, Cathy se sentó sin rechistar y se quedó mirándole en silencio durante lo que se le antojó una eternidad.

–¿Estás seguro…? Sí, sí. ¿Si cambiaran las cosas…? Muy bien –su expresión se relajó–. Bien, gracias por llamarme.

Cuando Ross colgó el teléfono, ella preguntó con voz vacilante:

–¿Qué ha pasado?

–Cuando los del grupo de supervivencia volvían esta mañana, han sufrido un accidente.

Palideciendo al instante, ella susurró:

–¿Carl…?

–Dos de los hombres han resultado heridos, Carl es uno de ellos. Pero no es nada importante, no corre ningún peligro –respondió Ross con firmeza.

–Gracias a Dios –dijo ella con voz ronca antes de cubrirse el rostro con las manos.

Tras la muerte de sus padres, Carl se convirtió en una responsabilidad y, a la vez, su razón de vivir. Era un hombre deportista, un buen escalador y esquiador, y siempre había soñado con hacer lo que estaba haciendo ahora, y ella había tratado de ayudarle en todo lo posible.

El alivio de saber que estaba a salvo la sobrecogió. Por fin, tras calmarse, respiró profundamente.

–¿Qué es lo que ha pasado exactamente? –preguntó ella.

–No conozco los detalles, lo único que sé es que el grupo estaba de camino a Glendesh y que puede que hasta mañana por la mañana no consigan transporte para volver aquí. Quien me ha llamado me ha dicho que esta tarde Kevin llamará para contárnoslo todo con más detalle. Entretanto, si hay algún cambio en la situación, me llamará para decírmelo.

En ese momento, la puerta se abrió y apareció Lena. Se había quitado el abrigo y estaba deslumbrante con un vestido azul ceñido que ensalzaba su esbelta figura.

–Ross, no sé qué ha pasado con tus modales –dijo Lena descontenta–. Nunca te he visto tratar así a tus invitados. Hace siglos que han traído el té, ya se ha enfriado y yo llevo un buen rato esperándote.

Acercándose a ella, Ross le tomó la mano.

–Te ruego que me disculpes, pero es que he tenido que atender a una llamada –dijo él en tono de disculpas–. Kevin, nuestro nuevo empleado y un grupo de clientes venían de camino a Beinn Mor cuando han sufrido un accidente. ¿Por qué no te sientas? Pediré que nos traigan más té y te contaré lo que sé.

Lena, apaciguada, se dejó acompañar a la chimenea y se sentó.

Aprovechando la oportunidad, Cathy agarró su bolso y se encaminó hacia la puerta.

–¿No quieres quedarte a tomar un té? –le preguntó Ross, deteniéndola.

–No, gracias –respondió ella con firmeza.

–¿Estás segura? Al fin y al cabo, ahora ya no tienes prisa para volver.

Ignorando el comentario, Cathy continuó su camino. Sin embargo, Ross alcanzó la puerta antes que ella. Al igual que había hecho la noche anterior, le obstaculizó el paso.

–¿Seguro que te encuentras bien?

–Sí, seguro.

–En ese caso, espero verte en la fiesta esta noche.

Como Carl no iba a asistir a la fiesta y Lena sí, Cathy no tenía intención de aparecer. Pero Ross pareció adivinarle el pensamiento.

–No pienses ni por un instante que no sé lo que estás pensando –dijo él en voz baja.

–No sé a qué te refieres.

–Lo sabes perfectamente –insistió él mirándola fijamente a los ojos–. Ni se te ocurra quedarte en tu casa y no venir a la fiesta.

–No comprendo por qué quieres que venga cuando tienes a tu ex novia –protestó ella.

–Puede que me gusten los triángulos amorosos.

–Pues a mí no –respondió ella furiosa.

—Es una pena. En fin, quiero que estés aquí a las ocho como muy tarde.

—No tengo nada que ponerme —dijo ella, buscando una excusa desesperadamente—. El único vestido que tengo es el que llevé la otra noche…

—El vestido que llevabas puesto la primera noche durante la cena te servirá.

—Pero…

—Nada de excusas —le interrumpió él bruscamente—. Si no vienes, iré yo a buscarte.

Cathy no lo dudó ni un instante.

Sonriendo, Ross bajó la cabeza y la besó en la boca, fue un beso que no dejaba lugar a dudas de que eran amantes. Después, la soltó y la dejó marchar.

En el piso, Cathy fue directamente a la cocina a prepararse un té. A las siete y media, se duchó, se vistió, se recogió el cabello en un moño y se maquilló.

Ya arreglada, suspiró. Se sentía de un humor extraño, cansada y deprimida, insegura. Echaba de menos a Carl.

Dudó respecto a ir a la fiesta. Si iba, estaría sola; además, la idea de ver a Lena con Ross le resultaba insoportable.

No, a pesar de haberse arreglado, no iba a ir. No podía ir…

Al oír el reloj del dintel de la chimenea dar las ocho campanadas, se sobresaltó. Casi en el mismo momento, oyó unos golpes en la puerta del piso.

Instintivamente, supo que no era Ross. Él jamás habría llamado de modo tan vacilante.

Cuando abrió la puerta, se encontró delante de Robert, que parecía no estar seguro de ser bien recibido. Llevaba un traje de vestir y pajarita.

–Hola, ¿qué tal? –dijo ella, sonriéndole.

–Espero que no te moleste que haya venido, pero me he enterado de lo del accidente y he venido a decirte que me alegro mucho de que ni a Carl ni al resto les haya pasado nada serio.

–Gracias, es muy amable por tu parte.

–Ross ha dicho que, a pesar de lo ocurrido, ibas a ir a la fiesta…

Cathy estaba a punto de decirle que había decidido no ir cuando Robert, en tono vacilante, añadió:

–Si quieres… como estás sola… podría acompañarte.

Cathy no tuvo valor para desilusionarle.

–Gracias, me parece muy buena idea. No me apetecía aparecer sola.

Cuando llegaron al vestíbulo principal, el ambiente era festivo y alegre. Los enormes leños de la chimenea ardían y las arañas de luces estaban encendidas. Habían instalado un bar portátil en un extremo y los camareros circulaban con bandejas con copas de champán. Había mesas y sillas siguiendo el perímetro de la estancia y Robert la condujo a una que estaba vacía, retirando una silla para que se sentara.

Había un grupo tocando en la galería de los músicos y unas parejas bailando en el centro del vestíbulo al animado ritmo de la canción.

Entre los que bailaban, Cathy vio a Lena y a Ross. Al instante, el estómago le dio un vuelco. Hacían una pareja perfecta, él con traje y pajarita, ella con un vestido que dejaba su espalda al descubierto y un gran escote; era del color del fuego y tenía incrustaciones plateadas, la falda del vestido tenía una abertura que le subía hasta el muslo.

Una intensa desesperación se apoderó de Cathy. Notándolo, Robert le preguntó con preocupación:

—¿Te pasa algo?

—No, no, nada —respondió ella con una sonrisa forzada—. Es que estaba pensando en que Carl tenía muchas ganas de venir a la fiesta. Es una pena que él y los demás se la hayan perdido.

Entonces, preguntándose si sus palabras podían haber ofendido a su acompañante, se apresuró a añadir:

—Yo, por el contrario, tengo mucha suerte de que me acompañes.

Enrojeciendo, Robert dijo en voz baja:

—Es un placer. ¿Te apetece una copa de champán o prefieres alguna otra cosa?

—Champán, gracias.

Robert levantó la mano para llamar la atención de uno de los camareros y, cuando éste se acercó, agarró dos copas de champán. Después, le dio una a ella.

—Gracias.

Se pusieron a charlar y ella le confesó lo mucho que le gustaba Escocia. Al cabo de un rato, cuando Cathy iba por su segunda copa de champán, Ross apareció a su lado.

Entonces, quitándole la copa de las manos y dejándola sobre la mesa, Ross le dijo a Robert:

–¿Te importa que te prive de la compañía de Cathy durante unos minutos?

–No, claro que no –respondió Robert, a pesar de parecer algo sorprendido.

Ross le puso una mano en el brazo y, sin darle tiempo a reaccionar, la ayudó a levantarse de la silla.

En ese instante, Lena apareció y, poniéndole una mano a Ross en el brazo, dijo:

–Al volver de empolvarme la nariz resulta que habías desaparecido. ¿Dónde te habías metido?

–Estaba en mi estudio hablando por teléfono. Y ahora, te ruego que nos disculpes –dijo él con firmeza–. Estoy seguro de que a Robert no le importará hacerte compañía durante un rato.

Robert, que se había puesto en pie, dijo con galantería pero sin entusiasmo:

–Será un placer –entonces, sacó una silla para Lena–. ¿Te apetece una copa de champán?

–Jamás bebo alcohol –respondió ella–. El alcohol es malo para la piel.

–¿Un refresco quizás? –preguntó Robert.

Antes de oír la respuesta, Ross tiró de Cathy hacia el estudio.

Capítulo 10

DENTRO del estudio y con la puerta cerrada, Cathy, sospechando malas noticias, preguntó con angustia:

—¿Has hablado con Kevin?

—Sí. Ahora ya sé, más o menos, lo que ha pasado.

Ross la condujo hacia la chimenea y la hizo sentarse en uno de los sillones. Después, se sentó frente a ella.

—Estaban descendiendo la montaña Scoran cuando uno de los del grupo se resbaló y cayó por una fisura en la montaña. Carl bajó con una cuerda a por él, aunque no sé por qué bajó Carl en vez de Kevin…

—Aunque lo que más le gusta es el esquí, Carl es un escalador con experiencia —dijo Cathy—. Su padre solía llevarle a la montaña y, a la edad de quince años, tenía la experiencia de un hombre dos veces su edad… Al menos, eso es lo que me ha contado.

—Ya. Eso lo explica. En fin, el hombre que se cayó estaba inconsciente, Carl le aseguró con una cuerda y los demás, tirando desde arriba, lo subieron. Pero como la nieve y el hielo erosionan la roca y la hacen serrada y puntiaguda, Carl escaló la fisura, acompañando al individuo en cuestión. Bueno, estaban casi arriba cuando unas piedras se desprendieron; Carl logró proteger al herido, pero una roca le golpeó a él en el hombro, hiriéndole.

Ross hizo una pausa, mirándola fijamente, antes de continuar:

—No sé cómo lo hizo, pero logró seguir agarrado a la cuerda y, por fin, los dos consiguieron llegar arriba a salvo. Kevin llamó a los servicios de rescate y un helicóptero recogió a Carl y al otro y los llevó al hospital de Glendesh. El resto del grupo llegó a la carretera más próxima, donde unos vehículos de rescate los esperaban para llevarlos también a Glendesh.

Ross sonrió y añadió:

—Según los médicos, tanto Carl como el otro están bien. Carl se ha dislocado un brazo, el otro hombre tiene unos cortes y unos hematomas, pero nada serio. Van a pasar la noche en el hospital como medida de precaución, el resto pasará la noche en un hotel. De todos modos, creen que volverán todos mañana a Dunbar a tiempo para asistir a la comida de Navidad.

Ross notó el alivio que ella estaba sintiendo y, al calor del fuego, notó su cansancio.

Quería quedarse con ella ahí, en el estudio; sin embargo, como anfitrión, tenía que estar en la fiesta. Por eso, con desgana, dijo:

—Bueno, supongo que será mejor que volvamos a la fiesta. Además, tu acompañante se va a preocupar si no regresas.

Algo en el brillo de los ojos de Ross la hizo darse cuenta de la verdad.

—Has sido tú quien ha enviado a Robert a por mí.

—No, en absoluto. Lo único que he hecho es mencionarle lo de Carl y también que no tendrías acompañante para la fiesta. Y como sabía que a Robert no le ibas a negar tu compañía…

—Eres un cerdo —murmuró ella.

—Ésa no es forma de hablar. Venga, vamos; de lo contrario, Lena va a acabar con los nervios del pobre Robert.

Al aproximarse a la mesa, vieron que los dos estaban sentados en silencio. Lena parecía sumamente aburrida y Robert mortificado.

Él se levantó rápidamente al ver a Cathy acercándose, su expresión mostró alivio. Lena también se puso en pie y, con voz quejosa, le dijo a Ross:

—Mira lo que está tocando el grupo de música. Estaba empezando a pensar que ibas a perderte mi canción preferida.

—Mi querida Lena, no puedo creer que una mujer tan bonita como tú no pueda encontrar una pareja de baile.

—Querida, no sería lo mismo —respondió ella coqueta.

—En ese caso… —Ross se volvió a Robert y a Cathy—. Os ruego nos disculpéis.

Mientras se sentaba en la silla, Cathy se preguntó cuándo podría marcharse de allí sin herir los sentimientos de Robert; pero Ross, que la estaba mirando, le dijo en tono de advertencia:

—Volveré para bailar contigo; después, nos iremos juntos a cenar.

Cathy estaba horrorizada y, a juzgar por el silencio que siguió a la proposición de Ross, a ninguno de los otros dos pareció complacerles la idea.

Lena fue la única que protestó:

—Pero Ross, no sería mejor…

Ross le lanzó una fría mirada que la acalló al instante.

Cuando Lena y Ross empezaron a bailar, Robert se volvió a Cathy y se aclaró la garganta.

—¿Te apetece bailar?

Cathy se dio cuenta de que Robert no parecía entusiasmado y, además, estaba convencida de que le asustaba bailar al son de una canción latinoamericana. Por lo tanto, ella contestó:

—No, gracias, prefiero descansar.

Robert, sonriendo, se relajó.

Ella le habló de la llamada telefónica y luego le preguntó sobre su trabajo. Robert, animado, le explicó lo que conllevaba dirigir la finca. En medio de la conversación, Margaret y Janet aparecieron a su lado.

—Vaya, has venido —dijo Margaret sonriente—. Me alegro de que hayas decidido asistir a al fiesta. Ross me ha dicho que había tenido que insistirte mucho para que lo hicieras. Es una pena que Carl y los otros del grupo no hayan podido venir; pero, por lo menos, ahora tenemos la tranquilidad de que no les haya pasado nada. El accidente podría haber tenido consecuencias mucho más graves.

—Y estarán aquí mañana —interpuso Janet—. La comida de Navidad en Dunbar es siempre estupenda.

—Pero sería mucho mejor si Lena no se hubiera presentado —dijo Margaret—. Sus visitas siempre ponen nervioso a Ross. No sé por qué sigue viniendo… Bueno, lo siento, quizá no hubiera debido decir eso.

—¿Por qué no? —dijo Janet—. Al fin y al cabo, es lo que pensamos todos. Por cierto, he notado que no lleva el anillo de compromiso, así que creo que está intentando volver a conquistar a Ross. Por su propio bien, espero que Ross no cometa la equivocación de volver con ella.

Por fin, la conversación se desvió y empezaron a hablar de la fiesta y de lo bien que estaba saliendo. Al cabo de un rato, Margaret y Janet se alejaron.

Cuando la sesión de música latinoamericana acabó y el grupo de música empezó a tocar una vieja melodía de esa región, Robert invitó a Cathy a la pista de baile.

Aunque Cathy movía los pies al ritmo de la música, no podía dejar de pensar en Ross. Estaba segura de que volvería con Lena.

Media hora después, mientras seguía bailando con Robert, Cathy vio a Ross y a su hermana volver del estudio. Entonces, les vio detenerse y a Margaret, poniéndose de puntillas, dar un beso a su hermano en la mejilla antes de alejarse sonriente.

Anunciaron la última canción antes de la cena y, en ese instante, Ross se le acercó y le dijo en voz suave:

—Creo que es mi baile.

Robert le cedió a su pareja y Ross la rodeó con sus brazos.

Cuando la canción llegó a su fin y Cathy, con desgana, se separó de los brazos de él, se encontró frente a Lena. La expresión de ésta no podía ocultar la furia y los celos que sentía.

Sin embargo, Lena cambió su expresión al mirar a Ross y, sonriendo, preguntó alegremente:

—¿Vamos a cenar?

El comedor estaba exquisitamente decorado y el impresionante bufé se encontraba a lo largo de una pared. Cathy nunca había tenido tan pocas ganas de comer, pero se sirvió un plato antes de sentarse a una de las mesas.

Aunque Ross, en su papel de anfitrión, se mostró sumamente cortés con Lena, sirvió vino a todos los de la mesa y charló animadamente, había tensión en el grupo.

Cathy no sabía qué decir y Lena no estaba contenta; por lo tanto, fueron los dos hombres quienes llevaron la conversación durante la cena.

Acababan de llevar el café cuando Robert, volviéndose a Cathy, preguntó:

—Tengo entendido que Carl...

En ese instante, Cathy lanzó un grito. El contenido de la cafetera le estaba cayendo por encima, escaldándola.

Cathy se puso en pie de un salto, apartándose el tejido del vestido del cuerpo. Pero, en ese momento y con vertiginosa rapidez, Ross le bajó la cremallera del vestido, se lo quitó y la cubrió con el chal de Lena que estaba en el respaldo de la silla de ésta.

Después, a toda prisa, se la llevó del comedor y la condujo hacia su suite.

—No quiero ir a tu suite, quiero volver a mi casa...

—Cállate y obedéceme.

Tan pronto como llegaron a la suite, Ross la llevó

al cuarto de baño, le quitó los zapatos y la estola y la hizo meterse en la ducha con el sujetador y las bragas.

Cathy se quedó casi sin respiración cuando empezó a caerle agua fría e, instintivamente, fue a salir de la ducha.

—Quédate donde estás hasta que yo te diga.

Después de medio minuto más o menos, el dolor se le fue pasando y comenzó a temblar incontrolablemente.

—¿Estás bien?

—Essstu...pendamente —respondió ella con ironía.

Ross cerró el grifo de la ducha, la ayudó a salir y empezó a quitarle la ropa interior. Pero ella le dio un manotazo para apartarle las manos.

—No seas tonta —dijo él con impaciencia—. No tengo intención de hacerte nada. Lo único que quiero es secarte para untarte esto.

«Esto» resultó ser una crema analgésica que le quitó el dolor antes de encontrarse cubierta con un albornoz. Después, Ross le soltó el moño y le secó el pelo antes de llevarla al cuarto de estar y hacerla sentarse en un sillón delante de la chimenea.

—¿Cómo te encuentras? —le preguntó Ross—. Si quieres que llame a un médico...

—No, no, no es necesario.

—¿Estás segura?

—Sí, lo estoy. Gracias a que hayas reaccionado con tanta rapidez, no voy a tener ampollas.

Ross se marchó un momento y volvió con el chal de Lena, su propia chaqueta y un vaso que contenía un líquido parecido a la leche.

Ross le dio el vaso.

—Bébete esto.

—¿Qué es?

—Es un analgésico, por si acaso.

Ross se bajó las mangas de la camisa, se puso la chaqueta y añadió:

—Espérame aquí. Tengo que ir un momento a atender un asunto.

Mientras Ross se dirigía hacia la puerta, ella preguntó en tono vacilante:

—¿Adónde vas?

—A decirle a Robert que estás bien y a devolverle a Lena su chal.

—¿Es que no vas a volver a la fiesta… con ella?

—No tengo ninguna intención de hacerlo —respondió Ross—. Volveré enseguida. Quédate donde estás hasta que vuelva.

Ross regresó en breves minutos con aire de satisfacción. Entonces, se quitó la chaqueta y la pajarita y se dejó caer en el sillón opuesto al de ella.

—Si no te importa, podrías decirme dónde está la escalera de servicio. Me gustaría irme ya.

—¿Irte? ¿Adónde?

—Al piso, por supuesto —respondió ella.

—Creía que, como Carl no va a volver hasta mañana, podrías quedarte aquí esta noche.

—No —respondió ella tajantemente.

Y sin pensar lo que decía ni por qué, Cathy añadió:

—No me gustan los triángulos amorosos.

—Es una pena —comentó Ross estirando las piernas con ademán indolente–. Pensaba que podría ser divertido.

Con las mejillas encendidas, Cathy se puso en pie de un salto y dijo con voz ahogada:

–Quiero irme ya.

–Y yo quiero que te quedes. Pero antes de tomar una decisión, quiero que te pruebes una cosa.

Ross se le acercó y, colocándose a su espalda, le puso algo pesado y frío alrededor del cuello. Después, poniéndole las manos en los brazos, la hizo girar ligeramente para que pudiera ver su reflejo en el espejo ovalado que había encima de una consola.

Los ojos de Cathy se clavaron en el hermoso collar de brillantes y, al instante, se quedó boquiabierta.

Desde su espalda, Ross le puso una mano en la barbilla y comentó:

–Tienes la boca abierta.

Después, retirando el brazo, le puso un par de pendientes largos en la palma de una mano.

–Estos pendientes completan el juego con el collar, pero creo que será mejor que te los pongas tú.

Como en un trance, Cathy se puso los pendientes mientras él la observaba en el espejo.

–¿Qué te parece? –preguntó él.

–Nunca he visto nada tan bonito en mi vida.

Ross sonrió.

–Me alegro de que te guste.

–A cualquier mujer le gustaría, es un juego… –de repente, Cathy se interrumpió bruscamente al darse cuenta de por qué Ross le había hecho ponerse el juego de collar y pendientes de brillantes.

La cólera enrojeció sus mejillas y alzó los brazos para quitarse el collar y los pendientes, pero Ross, agarrándole las manos, se lo impidió.

—No te quites nada. Quiero que los lleves puestos mientras te hago el amor.

—No tengo intención de dejarte hacerme el amor y no soporto la idea de llevar unas joyas que vas a regalar a otra mujer.

—No son para otra mujer, sino para ti.

—¿Estás bromeando? —preguntó ella sin comprender.

—No, no es ninguna broma.

—No puedes regalarme esto.

—Ya lo he hecho.

—No puedo aceptar estas joyas. Aunque no sean brillantes auténticos, deben de costar mucho dinero. El trabajo es exquisito.

—Los brillantes son auténticos. Mi bisabuelo le regaló el juego a mi bisabuela y, desde entonces, han pasado siempre a la esposa del hijo mayor. A mi madre le encantaba el juego, pero cuando se marchó lo dejó aquí porque no se creía con derecho a llevárselo.

Al ver que no estaba bromeando, Cathy exclamó:

—¡No lo comprendo! ¿Cómo puedes regalarme esto? Según lo que has dicho, deberías regalárselo a la mujer con la que te cases.

—Bueno, ya sé que es algo prematuro y que todavía no te he pedido la mano, pero tengo la esperanza de que nos casemos pronto.

Al verla con la boca abierta de nuevo, Ross sonrió y dijo:

–Mi amor, ¿en serio creías que iba a seducir a la esposa de otro hombre?

–¿Lo sabías?

–Sí, aunque al principio no. Al principio, estaba enfadado y amargamente desilusionado. Te habías entregado a mí inocente y tímidamente; y, al mismo tiempo, con una pasión que me dejó loco. Después, al verte aquí, empecé a dudar de poder fiarme nunca de una mujer. Pero algo en ti, tu honestidad y tu firmeza de carácter, me hicieron dudar. Había cosas que no casaban: tu vacilación al contestar a mis preguntas y la actitud de Carl. Aunque resulta evidente que Carl te quiere mucho, no se comportaba como un marido o como un amante… Y eso me hizo ir a comprobar si dormíais juntos.

En lo único en lo que Cathy podía pensar era en ciertas palabras de Ross: «Tengo la esperanza de que nos casemos pronto».

Ross, interpretando su expresión, sonrió y admitió:

–Sí, fui a tu piso y, cuando descubrí que dormíais en habitaciones separadas, contraté a un investigador privado de Londres para que hiciera averiguaciones.

Ross se interrumpió unos segundos antes de continuar:

–A la mañana siguiente de que tú intentaras, por la noche, volver a Beinn Mor andando, yo te estaba esperando en el estudio. Sabía que Carl había salido temprano y, al ver que eran las nueve y media y que tú todavía no habías aparecido, empecé a preocuparme. Fui al piso y entré; tú estabas dormida, con

Onions a tu lado, y Carl había dejado una nota sumamente reveladora en la cocina…

—Sí, claro. Me llamaba hermana.

—Lo que me dijo exactamente lo que quería saber. Por supuesto, me puso furioso.

—Y por eso fuiste tan horrible conmigo.

—Créeme, podría haber sido mucho peor. En ese momento, te habría puesto encima de mis rodillas y te habría dado unos cuantos azotes. Pero luego sentí un gran alivio. No obstante, el alivio estaba mezclado con enfado por lo mal que me lo habías hecho pasar. Luego, cuando te devolví el anillo, resultó evidente que no era tuyo. Te presioné con el fin de que admitieras la verdad, pero no lo conseguí.

Ross sonrió burlonamente antes de continuar:

—El investigador privado que contraté ha sido muy eficiente y, a primeras horas de esta mañana, me ha presentado un dosier con vuestras vidas, la tuya y la de Carl.

—¿Así que lo sabes todo?

—Más o menos. Incluido tu desastroso matrimonio, del que ya me hablarás en su momento, y cómo los planes de Carl de casarse fallaron a última hora.

—No puedes imaginar cuánto lo siento. Ninguno de los dos queríamos tener que engañar y mentir a una gente que tanto nos gustaba. De haber sabido que lo sabías, os habría pedido disculpas…

Ross sacudió la cabeza.

—Lo único que yo quería era que admitieras la verdad, por eso te presionaba. Cuando te besé bajo el muérdago, estaba a punto de decírtelo todo cuando, de repente e inesperadamente, apareció Lena. ¿Estás dispuesta a perdonarme por la forma como te he tratado y a casarte conmigo?

Aunque Cathy jamás se había sentido tan feliz, aún le quedaba un temor.

—No sé qué va a pensar tu hermana cuando se entere del engaño.

—Esta tarde he hablado con Marley y le he contado todo. Créeme, lo comprende. Ah, y nos ha dado su bendición. Y ahora, sólo me quedan por saber un par de cosas. La primera es cuándo estarías dispuesta a casarte conmigo.

Con el corazón rebosante de alegría y los ojos brillantes, Cathy contestó:

—Tan pronto como tú quieras.

La respuesta le mereció un beso.

Después de un rato, cuando con desgana Ross apartó los labios de los de ella, preguntó:

—Y ahora que ya estamos prometidos oficialmente, me gustaría que llevaras esto puesto.

Ross agarró una pequeña caja que estaba encima de la estantería más próxima y, en cuestión de segundos, le puso un solitario con un brillante en el dedo corazón.

Mientras ella lo contemplaba sin pronunciar palabra, Ross dijo:

—Por supuesto, si no te gusta o no quieres llevar un anillo que perteneció a otra mujer…

Era el anillo de compromiso más bonito que había visto en su vida; no obstante, Cathy titubeó.

—No te preocupes, mi amor, lo comprendo. Compraremos otro —dijo Ross con ternura.

Cuando fue a quitárselo, ella preguntó apresuradamente:

—¿De quién era?

—De mi madre. Se lo regaló Toby, tiene grabado «El amor de mi vida» y mi madre siempre lo llevó puesto. Justo antes de morir, me lo dio y me dijo que esperaba que se lo regalara al amor de mi vida.

—Es el anillo más bonito que he visto nunca… y me encantaría llevarlo puesto.

Al ver la expresión de ella, Ross sintió un gran alivio y un gran placer.

—¿Tenías miedo de que se lo hubiera comprado a Lena?

Sonrojándose, ella contestó:

—Sí, lo siento.

Ross sacudió la cabeza.

—No tienes nada de qué disculparte. Y, para que te quedes tranquila, jamás pensé en regalárselo a Lena. Su anillo de compromiso, que eligió ella misma y que se ha quedado, era de rubíes. Y ahora… ¿por dónde iba?

—Has dicho que querías saber dos cosas —le aclaró Cathy.

—Ah, sí. La segunda es si estás segura de que no te duele nada después del incidente con el café.

—Completamente segura —dijo ella en tono de no darle importancia—. No sé cómo ha ocurrido.

—Yo sí lo sé —dijo Ross apesadumbrado—. El camarero puso la cafetera cerca de ti y Lena decidió deshacerse de la competencia.

Cathy jadeó y él continuó:

—Tú te habías dado la vuelta cuando Robert se dirigió a ti, pero yo la estaba mirando a ella y la vi volcar la cafetera. Luego, al volver para devolverle el chal, Lena ha puesto la excusa de que se le cayó accidentalmente al ir a servir el café. Pero yo sé que lo ha hecho a propósito; y Robert, que también lo ha visto, lo ha confirmado. En fin, le he dado media hora para hacer su equipaje y le he dicho a Dougal que lo lleve al coche de Lena. Pero basta de Lena, estamos perdiendo un tiempo precioso...

En ese momento, el reloj dio las doce campanadas.

—El día de Navidad —murmuró Cathy.

—Feliz Navidad, mi amor.

Entonces, Ross la rodeó con los brazos y la besó con pasión. Deslizando una mano por debajo del albornoz, le acarició los pechos.

Al oír el gemido de placer de Cathy, Ross le preguntó con voz suave:

—¿Lista para ir a la cama?

—Mmmm —murmuró ella, apretándose contra Ross.

—Estupendo. Pero antes quiero darte tu regalo de Navidad.

—No, ya me has regalado demasiadas cosas. Además, yo no tengo ningún regalo para ti.

—Te equivocas. Me vas a dar lo que más quiero, lo que más he deseado. Pero, primero, vamos a ver qué te parece tu regalo.

Ross le dio una caja envuelta en papel dorado que estaba encima de su buró. Era una caja pesada y, sentándose en un sillón, Cathy quitó el papel y abrió la tapa de la caja de terciopelo.

De repente, se encontró mirando un pisapapeles, la bola de nieve de la que se había enamorado a los dieciséis años. Entonces, los ojos se le llenaron de lágrimas.

—Gracias… —dijo Cathy con voz temblorosa—. Es el regalo más maravilloso que me han hecho en la vida. Ojalá… ojalá supiera qué decir…

—Si realmente quieres complacerme, dime que me amas.

Cathy, sorprendiéndole, se quitó la bata.

—Vamos a la cama y te lo demostraré.

Riendo, Ross la abrazó.

—Es la mejor invitación que me han hecho nunca.

Ross, levantándola en sus brazos, la llevó al dormitorio y a la cama de dosel para empezar su nueva vida juntos.

Bianca™

Él le ofrece todo su dinero, pero ella sólo quiere su amor

Cuando Tammy Haynes accedió a ser dama de honor en la boda de una de sus amigas, no sabía que tendría que bailar con el multimillonario Fletcher Stanton.

Él se la llevó a la cama después de dejar clara una cosa: que lo suyo sería sólo una aventura; el matrimonio no era una opción para él.

Pero, fruto de su pasión, Tammy se quedó embarazada. Y entonces él empezó a replantearse sus prioridades…

Sólo quiero tu amor

Emma Darcy

Acepte 2 de nuestras mejores novelas de amor GRATIS

¡Y reciba un regalo sorpresa!

Oferta especial de tiempo limitado

Rellene el cupón y envíelo a

Harlequin Reader Service®
3010 Walden Ave.
P.O. Box 1867
Buffalo, N.Y. 14240-1867

¡Sí! Por favor, envíenme 2 novelas de amor de Harlequin (1 Bianca® y 1 Deseo®) gratis, más el regalo sorpresa. Luego remítanme 4 novelas nuevas todos los meses, las cuales recibiré mucho antes de que aparezcan en librerías, y factúrenme al bajo precio de $3,24 cada una, más $0,25 por envío e impuesto de ventas, si corresponde*. Este es el precio total, y es un ahorro de casi el 20% sobre el precio de portada. ¡Una oferta excelente! Entiendo que el hecho de aceptar estos libros y el regalo no me obliga en forma alguna a la compra de libros adicionales. Y también que puedo devolver cualquier envío y cancelar en cualquier momento. Aún si decido no comprar ningún otro libro de Harlequin, los 2 libros gratis y el regalo sorpresa son míos para siempre.

416 LBN DU7N

Nombre y apellido	(Por favor, letra de molde)

Dirección	Apartamento No.

Ciudad	Estado	Zona postal

Esta oferta se limita a un pedido por hogar y no está disponible para los subscriptores actuales de Deseo® y Bianca®.
*Los términos y precios quedan sujetos a cambios sin aviso previo.
Impuestos de ventas aplican en N.Y.

SPN-03 ©2003 Harlequin Enterprises Limited

Deseo™

Tentar al destino

Yvonne Lindsay

Cuando faltaban nueve días para la boda, el prometido de Gwen Jones desapareció de pronto llevándose su cuenta bancaria. Ahora, para salvar su casa, Gwen tenía que casarse con el empresario Declan Knight, el hombre con el que compartió en el pasado una tórrida noche de pasión.

Declan necesitaba casarse para tener acceso a su herencia, así que ideó un plan que incluía a Gwen, a pesar de que había prometido mantenerse lejos de ella. Pero todavía tenía que convencer a su familia de que la farsa era real, lo que significaba meter a Gwen en su dormitorio y renunciar al control que tanto trabajo le había costado mantener.

El matrimonio era su única opción

Bianca™

Estaba cautiva a merced de sus deseos

La grandiosa mansión Penvarnon House fue donde Rhianna Carlow, la despreciada sobrina del ama de llaves, pasó su adolescencia. Pero ahora no es la única persona que regresa como invitada para una boda, también lo hace Alonso Penvarnon, tan arrogante y cruel como siempre.

Él sólo tiene una misión: mantener lejos de la mansión a Rhianna. Por lo tanto, Alonso, descendiente de un pirata español, la rapta... y ella se encuentra cautiva en un lujoso yate a merced de sus deseos...

Cruel despertar

Sara Craven